仲白作品

ZHONGBAI ZUOPIN
JINGXUAN

仲白 著

精选

中国文史出版社

图书在版编目（ＣＩＰ）数据

仲白作品精选 / 仲白著. -- 北京 ：中国文史出版社，2021.9

ISBN 978-7-5205-3173-3

Ⅰ. ①仲… Ⅱ. ①仲… Ⅲ. ①中国文学－当代文学－作品综合集 Ⅳ. ①I217.2

中国版本图书馆 CIP 数据核字 (2021) 第 181204 号

责任编辑：全秋生

出版发行：中国文史出版社

地　　址：北京市海淀区西八里庄路 69 号　　邮编：100142

电　　话：010－81136602　　81136603　　81136606 （发行部）

传　　真：010－81136655

印　　装：廊坊市海涛印刷有限公司

经　　销：全国新华书店

开　　本：787×1092　　1/32

印　　张：8　字数：200 千字

版　　次：2022 年 1 月北京第 1 版

印　　次：2022 年 1 月第 1 次印刷

定　　价：48.00 元

目录
CONTENTS

第一辑

剧本·小品

吻　证（电影剧本）

张银玲家　　夜　内

幽暗的灯光，从睡衣中伸出的女人手，松松垂着。

沙发上斜陈着年轻女人的身体。

熏香的蜡烛。烛光摇曳。

桌上三个喝剩的喜力啤酒瓶。

透过啤酒瓶身，虽然有些变形，有些诡异，但可以看到——女人的头歪斜着，似乎睡去……

烛光闪白

张银玲家　　晨　内

照相机闪光灯闪白——死者张银玲的脸，公安人员正在拍照取证。

剥去外套的一个沙发靠垫，躺在地板上。

沙发上的手机被装进塑料袋。

公安人员忙碌地勘察现场。墙上挂着死者模特表演照。一枚枚奖牌、一支支奖杯码放得整整齐齐。奖牌上，分门别类，写有："奖给模特大赛第一名张银玲"等字样。

冰箱被打开，内里的食物被一一检查。

空空的垃圾筒。

地板上脚印取证。

门把手手印取证。

桌上不见了三个喜力啤酒瓶，但公安人员细致地捕捉到桌面上三个啤酒瓶留下的印痕。

一保洁员正在门口同公安人员录口供，录口供的公安人员发现刑警队长高文明走来。

公安人员：队长。

高文明朝录口供的公安人员点点头，径直朝屋里走，一个公安人员走近高文明，两人来到死者身边。

公安人员：初步判断是窒息而死。

高队长：沙发靠垫外套被剥走了。

公安人员：（一指茶几下的垃圾筒）垃圾也带走了，地面脚印清扫过，看来这次遇到懂行的了。

高队长走向门口录口供的保洁员，听她仍在同公安人员惊魂未定地絮叨。

保洁员：……我真是好心，打扫卫生到她家门口了，看到门半开着，大清早的万一有个贼啊什么的溜进去那就坏了，我就想叫她关一下门，谁知道……

隔壁住户的门打开，一个睡眼惺忪的中年妇女穿着睡衣探出身子来。

中年妇女：吵吵吵吵，没白天没夜里吵吵什么啊？！

中年妇女发现了公安人员，一愣，继续想探头往屋里看，被公安人员拦住。

中年妇女：出什么事啦？什么事啊？

高队长：你说她家夜里也在吵？

中年妇女疑惑地看着高队长，但仍然点了点头。

中年妇女：吵得我以为要出人命！

中年妇女家卧室　　夜　内

（闪回）床上，中年妇女已经入睡，但隔壁传来吵闹声，中年妇女被搅醒，起床出门。

中年妇女家卫生间　　夜　内

（闪回）中年妇女离开马桶，又折回，凑近下水管道偷听，从管道传来一男一女模糊的争吵声。

中年妇女家客厅　　夜　内

中年妇女凑近大门的猫眼，往外看。身后的挂钟指向十点十分。

透过猫眼，金哲从张银玲家出来，有些仓皇，离去前回身望了一眼张银玲家的门。

分明看清——金哲的脸！

金哲家书房　　晨　内

歪在沙发上睡着的男人被开门声惊醒，转过脸来——是金哲。

金哲听到脚步声进了屋里，定了定神，还是起身向卫生间走去。

金哲家卫生间　　晨　内

金哲进了卫生间，严丽脱下的衣服撂在洗脸池上。整体浴室的门关着，里面哗哗的水声，是严丽在洗澡。

金哲想退出去，忽然，他发现严丽的衣服口袋里露出了什么东西，掏出来看，是照片——是张银玲亲热搂着自己！

金哲大惊！

金哲家书房　　晨　内

金哲拿着照片，明显焦虑，无所适从。

一直开着的电视机忽然引起了金哲的注意，是一则娱乐新闻报道——

电视OS：娱乐第一线最新快报：本市小有名气的女模特张银铃，今早，在她所居住的楼房下，聚集了不少警察。尽管警方人员严密封锁了现场，但记者还是拍到了一些画面。这是从张银铃所居住的楼房里抬出来的尸体，据该楼居民称，尸体是从张银铃家搬出来的。死者究竟是谁？警方现在还拒绝透露情况，记者将继续关注……

（电视画面）居民楼下。医护车旁，警察维持秩序，张银玲的尸体被抬进车里。电视画面还穿插了张银玲的个人照片。

金哲呆呆瞪着电视，看看手里的照片张银玲搂着自己亲热。

一滴滴水滴到照片上，金哲抬头看，是刚洗完澡的严丽，湿漉漉的头发，裹着浴袍，直看着自己！

金哲一惊！

严丽不语，拿过照片就走。金哲缓过劲来，两腿发软地跟过去。

金哲家厨房　　晨　内

严丽进了厨房，拿起火机，点燃照片，一张一张放进水池里烧。一脸死灰地沉寂。

金哲站在严丽身后，惊吓得像个孩子，微微地、克制地发抖。

沉默，只有火苗无声蹿动。

严丽转身盯着金哲，一字一顿，沉稳可怕——

严丽：记住，昨天晚上，我们都在家里，一直在一起。

金哲惶恐地望着严丽，怯懦地点头。

水池里的照片全都烧成灰烬，水龙头打开，水流声中，灰烬卷进了下水道。

画外，警笛拉响。

某琴房　　日　内

幽暗的琴房，金哲独自演奏钢琴。指间的演奏传达了金哲的焦虑不安，甚至有一种在压抑中即将爆炸的危险！

公安人员 OS：金哲。男。五十一岁。本市交响乐团钢琴演奏家，因涉嫌故意杀人，被市公安局刑事拘留。

公安局审讯室　　日　内

金哲正在接受刑侦队高队长、江婷和一个队员的审讯。

高队长：……认识张银玲吗？

金哲点头。

高队长：什么时候认识的？

金哲：两个月前，在朋友家的派对上。

高队长：你和张银玲是什么关系？

金哲：……就是认识。

公安局一办公室　　日　内

严丽也在接受高队长的询问。

严丽：不认识。

高队长：有些问题希望你不要介意，配合我们的工作——

严丽点头。

高队长：知道张银玲跟你丈夫有什么关系吗？

严丽：不知道。

（闪回）公安局审讯室

高队长：昨天晚上你在哪儿？

金哲：在家。

高队长：整个晚上都在家吗？

金哲点点头。

（闪回）公安局一办公室

严丽：我们一晚上都在一起。

（闪回）公安局审讯室

高队长：都做了些什么？

金哲：看电视，看到后来就睡了。

（闪回）公安局一办公室

严丽：就是看电视，困了也就睡了。

（闪回）公安局审讯室

高队长：都看了些什么电视？

金哲：……电视剧，《北京人在纽约》。

（闪回）公安局一办公室

严丽：《北京人在纽约》。

高队长：什么时候睡的？

严丽：十一二点吧，大概这个时候。

（闪回）公安局审讯室

金哲：十一二点左右。

高队长：有证人看见你昨晚从张银玲家出来。

金哲：（摇头）没有，昨天晚上我没去过她家。

（闪回）公安局一办公室

高队长：有必要提醒你，包庇罪犯是要追究法律责任的。

严丽默然，点头，定定地，什么也不再说。

高队长目光洞悉人心，望着严丽。

尸检房　　日　内

张银玲的尸体静卧在屋中央的手术台上，藏着永远说不出口的秘密。

李辉进门，江婷陪在后面。李辉走到手术台前，望着张银玲，仍然难以接受事实。

江婷护着李辉出了门。

尸检房外　　日　内

出了门，李辉忍不住停下来，激动又难过地冲着小江——

李辉：谁害的我表姐？是谁？谁这么狠？非得要她的命！

江婷：我们还在调查，希望你也能提供一些线索。

李辉：我表姐这人，不可能跟谁结这么大仇……（伤心）我早就说过她，她这人没别的毛病，最大的问题就出在感情上，可人长得这么年轻漂亮，自己不找麻烦麻烦也要找到她的……

江婷：你对你表姐的状况了解吗？

李辉：（摇头）我们平时见面不多，过节也就打个电话，可能是她男朋友换得比较多，不想叫我知道这些，怕我去跟家里说。

难过的李辉都意识不到，自己的嘴唇有被咬破的地方正在淌血。江婷细致地递上纸巾。李辉胡乱地擦了两下。

江婷：她外地的父母还要请你通知。

李辉：……我怎么跟我姑姑她们说……

江婷：除了你，在本市她还有其他亲属吗？

李辉摇头。

江婷：朋友呢？关系密切的？

李辉：范小豆，那是我姐最好的朋友。

商场某化妆品专柜　　日　内

腮红刷轻柔地在女人的脸颊上刷着，是范小豆在为女顾客试用化妆品。范小豆时髦干净又乖巧，很适合做高档化妆品的推销服务。

刘栋穿着警服来到柜台前。

刘栋：你好，请问是范小豆吗？

范小豆有些意外，点点头。女顾客也很意外，马上问刘栋——

女顾客：怎么？她们家化妆品不合格？

范小豆：我们经理不在，有事我可以给她打电话。

刘栋：我是公安人员，不是工商人员。

两个女人这才瞧仔细了刘栋的警服，都挺不好意思的，随即范小豆意识过来。

范小豆：那，找我有什么事？

公安局一办公室　　日　内

范小豆完全蒙住了，缓不过劲来。刘栋就坐在对面。

刘栋：我们知道你是张银玲最好的朋友——

范小豆突然哇地哭了起来。

刘栋：……找你来，是希望你配合我们的工作，尽快把案子给破了。你最后一次见到死者是什么时候？

范小豆：……就是昨天，昨天上午，我还去银玲家找她玩，没想到晚上她就……

刘栋：当时张银玲有什么异常反应？

范小豆：（摇头）跟平常一样，没觉得有什么……

刘栋：她有没有提到晚上要见什么人？

范小豆：……（想起来）她说晚上约了金哲，金哲你听说过吧，做音乐的，挺有名的。

刘栋：张银玲跟金哲是什么关系？

范小豆：……（难以置信）不可能！

刘栋：你只要跟我们谈谈他们究竟有什么关系。

范小豆：……

刘栋：现在不是保护朋友隐私的时候，抓住凶手才是最重要的。

范小豆：他们俩是在私下交往，因为金哲有妻子，而且又是名人。听银玲说，金哲不想离婚，银玲很伤心，也跟他闹过。你不知道，像银玲这么漂亮、条件这么好的女孩，还从来没有谁拒绝过她，都是她不要别人……但不管怎样，金哲也不应该会杀了银玲吧？（伤心地哭）就算、就算……

刘栋：就算什么？

范小豆：昨天银玲给我看了几张照片，是她跟金哲的。挺亲热的那种，银玲说她晚上要把照片给金哲看，要好好跟他谈一谈。

刘栋：你的意思是，张银玲想要用照片要挟金哲离婚？是不是？

范小豆沉默，然后点头，然后哭了。

范小豆：怎么可能……怎么可能……

刘栋：现在还不能断定谁是凶手。你再想想，在张银玲交往的人当中，有没有谁跟她发生过不愉快？

范小豆努力地想，摇头。

电梯间　　日　内

高队长进了电梯，江婷拿着一摞资料追进电梯。电梯门合上。

江婷：高队！（把资料递给高队长）检查结果出来了，张银玲的胃里查出有迷幻药成分。

高队长看着检查报告，沉默不语。

电梯门开，高队长和江婷走了出去。

电梯门合上那一刹那，电梯里一个一直侧身低头的人转过脸来——范小豆。

刑侦队办公室　　日　内

高队长、江婷、刘栋正在开会。

高队长：现在我们可以初步推测，当晚，张银玲以照片要挟金哲离婚，两人发生争吵。

（闪回）张银玲家

张银玲拿着照片，和金哲发生争吵。

（闪回）邻居家卫生间

中年妇女凑近下水管道偷听两人争吵。

高队长：最后，金哲离开张银玲家，据目击证人回忆，时间大概是晚上十点多钟。

（闪回）走廊

透过猫眼，可以看到金哲出了张银玲家门，还回头张望了一下。

高队长：至于这中间，张银玲家还发生了什么……

江婷：尸检报告显示，张银玲被下了迷幻药，而且药是下在啤酒里。

（闪回）张银玲家

乘张银玲转过身去里屋，有一只手入画，把迷幻药倒进啤酒里。

高队长：可是现场没有啤酒瓶，只有桌面上留下的三个啤酒瓶放过的印记。

（闪回）张银玲家

桌面上的啤酒瓶被一只手拿走。

张银玲的手机被拿起，删掉了里面的通话记录，并被擦掉指纹。

刘栋：现场也被打扫干净。

（闪回）张银玲家

沙发靠垫的布套被剥走：

地板、门扶手被一一擦掉指纹；垃圾被带走。

江婷：这金哲不是钢琴家吗？倒像个职业罪犯。

刘栋：你看他那样儿，我觉得他干不了这事。是不是，高队？

高队长缄默片刻，沉稳而冷静——

高队长：还得证据说话。

某高级品牌洁具店　　日　内

范小豆拎着一个保温筒，躲在橱窗外，向里看。

店内，工商人员检查浴缸、马桶，老板方达陪在一旁。直到送工商人员出门。

方达发现了范小豆。

范小豆躲闪不及。

方达敷衍地冲范小豆点了下头，就自顾自回了店里。

范小豆犹豫了一下，跟着进去。

一店员赶紧迎上方达。

店员：幸亏昨晚有线报，要不今天真是措手不及……

方达看了看身后的范小豆，示意店员赶紧闭嘴，店员赶紧打住。

方达：忙你的去吧。

店员识趣离开。

范小豆一声不吭跟在方达身后，像个委屈的小媳妇。方达往哪儿走，范小豆就乖乖跟到哪儿。方达眼也不带看她一下地停下来，她也跟着停下。

方达：没事啊？

范小豆点点头。

方达：没事就自个逛逛街去，要不回你宿舍歇着也好，我想歇还不行哪，忙着哪！

范小豆：你要注意身体，我给你煲了汤。

范小豆怯生生地举了举手里的保温筒。

方达看着范小豆，动摇了。

方达：搁这吧。

范小豆不语，也不动。

方达：……行了，晚上上我那儿，行了吧。现在我这一堆事儿，忙着哪。

范小豆这才顺从地点点头，抱着保温筒，低眉顺眼地转身走。

方达转身继续忙他的。

范小豆走出店门，头渐渐仰起来，脸上露出一丝不易察觉的得意……

方达家厨房　　夜　内

炉火点着，灶上坐着砂锅，是范小豆把保温筒里的汤倒进砂锅加热。

方达在客厅里脱着外衣，没情绪地瞥着范小豆的背影。

范小豆：衣服扔着吧，我替你洗。

方达嗯了一声，进了卫生间，关上了门。

灶台前，范小豆候着，直到听见淋浴龙头打开的声音，范小豆出了厨房。

方达家客厅　　夜　内

范小豆轻轻来到沙发前，悄悄搜着方达的衣兜、裤兜，似乎没有找到想要找的东西。

卫生间水声还在响。范小豆进了卧室。

方达家卧室　　夜　内

范小豆继续翻找，枕头下……一床头柜……衣柜……

终于，找到几袋迷幻药粉末！

方达：找什么哪？

方达穿着浴袍出现在卧室门口。

范小豆转身，拿着一套睡衣。

范小豆：给你拿睡衣。

方达：不穿了。去，盛碗汤给我。

范小豆放回睡衣，合上衣柜，经过方达，出了卧室。

方达回头看了一眼衣柜，也跟着出了卧室。

方达家客厅　　夜　内

方达在餐桌前坐下。范小豆进了厨房。

方达家厨房　　夜　内

范小豆揭开砂锅盖，

手里赫然攥着一包迷幻药！

方达家客厅　　夜　内

方达疲惫地半闭着眼睛，范小豆把汤端到方达面前。方达老爷般地拿起勺喝汤。

范小豆侧边坐下，望着方达一勺一勺喝着汤。

范小豆：……真想一辈子这么照顾你……

方达：行了，你让我歇会儿！刚喝口汤！

范小豆马上低头不语，像做错了事。

方达：（也有些不忍）你也别跟个小媳妇似的，你这么好的条件，能做饭能体贴人的，我不明白干嘛就非找着我？

范小豆：你怎么会不知道……

范小豆眼泪又上来了。方达有些无奈有些烦又有些不忍。

方达：……行了行了，你还让不让我喝汤？

范小豆：……（努力止住眼泪）我想好了，我不是非要跟你结婚，只要你愿意跟我在一起，我不干涉你的自由，你在外面想怎么玩就怎么玩……

方达：……（渐渐感到迷糊）你说真的……

范小豆：（点头）我知道我配不上你，可谁让我这么爱你，怎样我都答应，只要能跟你在一起……

方达坚持不住了，伏在桌上睡了过去。

范小豆扯了一张餐巾纸，慢慢擦干眼泪，定定地望着方达，眼里冷静得可怕。

范小豆：你做梦。

范小豆开始搜东西。从方达的衣服里掏出钱包查看，有现金和各种银行卡，范小豆装进自己的包里。

方达的手机，范小豆查看，有一条张银玲发的短信，打开，上面写着"今晚我在家等你，不用回复"。范小豆把手机放进自己包里。

柜子里，翻出方达的通讯录，范小豆查看，找到一个电话，然后，通讯录也被装进自己包里。

一阵忙乱之后，临走前，范小豆来到方达身边，望着熟睡的方达，眼里说不出是害怕还是可怕……

然后，范小豆匆匆向大门走去，正要开门，忽然——

啪嗒一声！

范小豆惊恐转身——

方达仍趴在桌上，一动不动。是网球拍倒地，球还在滚，一直滚到范小豆脚下。范小豆夺门而出！

一组场景

乐团琴房、办公室、食堂、走廊等等场景，一组相关人员接受公安询问。

甲一：……金哲这事儿闹得挺大的，名人嘛，昨天我们家隔壁邻居还跟我打听这事哪。其实男女这事——

就算我跟他在一个单位也搞不清楚这里头的事啊……你们还是去跟别人调查调查吧。

乙二：对不起，我对金老师不太了解，不能跟你们警察瞎说……要说呢，我对金老师印象挺好的，名气大、专业好、人还特别随和，不像有些搞音乐的，很难接近……不过好像大家都说，金老师是比较容易动感情，可听说金老师家庭还挺和睦的，看来金老师还挺有一套的——哎，这个您就别记录了！

丙三：没有严丽就没有金哲。严丽就是金哲的爱人。真的，这话就算当着金哲的面儿，我也这么说！金哲他自己也不能不承认，这么多年来，要不是严丽替他打点里里外外那一摊子事儿，他金哲能有今天的成就？！搞艺术，搞艺术谁比谁差到哪儿去啊？唉，关键——缺的就是这么个好老婆！

丁四：要说金哲杀人我不敢相信，要说他跟那模特感情上有个什么，那倒真没准儿……证据？

我哪有什么证据啊！我就这么一说，你们警察可别当证据给我记录在案啊……不过这事，人家老婆都不计较，我们也就没事八卦一下，名人嘛……钢琴家，钢琴家离了钢琴什么都不是——我的意思是，不也就一平常人嘛。他老婆我接触过，跟他妈似的，迁就他照管他一手托着他。这次，事儿闹得这么大，你说——他老婆心里怎么想？

金哲家卧室、客厅、琴房　　日　内

哗——严丽拉上了窗帘，从卧室、客厅到琴房，一扇一扇，都严丝合缝地拉好，屋里光线暗了下来。

琴房里。严丽把钢琴前的凳子拉出来，像是准备好让人坐的样子。钢琴上有厚厚的曲谱，严丽一下一下抚平封皮卷起的角儿，默想着，似乎静候着……

门铃响，严丽回过神来。

金哲家客厅　　日　内

严丽开门，弟弟严宽进来。严丽走在前面，头也不回地嘱咐。

严丽：把门锁好。

严宽锁好门，跟着姐姐坐到沙发上。

严宽：姐，外面还真有几个鬼鬼祟祟的人，现在这些娱记还真够敬业的！

严丽：打听到什么了？

严宽：我一个特铁的哥们就在市局，他一个特铁的哥们，正好就是管姐夫这案子的！他告诉我那哥们，没事，姐夫什么也没说，到现在还没抓到他什么把柄。

严丽：什么把柄？本来就不是你姐夫干的。

严宽：是。不是。是——不是。

严丽：……你姐夫挨打了吗？

严宽：怎么可能！里面挺好的，伙食也不错，一荤一素两个大馒头。当然，担惊受怕在所难免。

姐，现在，我不怕别的，就怕他扛不住心理压力，你比我了解，姐夫那人挺脆弱的，还尽干对不住你的事……

严丽默不作声，转身掏出厚厚一沓人民币，拿着报纸，仔细包好。

严宽看着姐姐，看着钱被包得严实，推到了自己面前。

严丽：给你姐夫带个话，不要害怕，不要承认，我们已经托人捞他。

严宽应诺着，把钱一卷。

公安局拘留室　　日　内

饭菜摆在面前，金哲纹丝不动，没一点胃口，旁边一个被关押人员扫光了自己的盆底，瞅上了金哲碗里的。见金哲没反应，被关押人员端起金哲的饭接着吃。

金哲看都没看他。

被关押人员：……不吃，一顿不吃你还能顿顿不吃？等判决下来了你就踏实了，就算无期不也得吃饭嘛……

金哲不敢想，偏偏想，心乱又胆怯！

商场某化妆品专柜　　日　内

方达赶到范小豆工作的某化妆品专柜前，向售货小姐打听。

方达：范小豆呢？

售货小姐：没在。

另一售货小姐：（凑过来）范小豆辞职了。

售货小姐：辞职？我怎么不知道？

另一售货小姐：今天上午刚跟经理说的。

售货小姐：是吗？就不来了？这么突然？

方达不管俩姑娘的议论，边走边拿起手机拨电话。

方达：……你在哪儿？

某宾馆客房　　日　内

范小豆正一边从旅行包里拿出自己的衣服往橱柜里挂，一边接听手机。

范小豆：（笑）找到商场去了？

方达：（恼怒）范小豆你想干什么？！

31

范小豆：别吓我啊，你看我怕你都怕得躲起来了，工作也不敢要了，宿舍也不敢回。

方达：你马上把我的钱包、手机还给我，否则我现在就到派出所去报案。

范小豆：那你得回家再查查，还丢了什么，比如通信录啊、迷幻药啊什么的……

方达：哼！你以为这就能拿住我？范小豆！告诉你，你做了一件最蠢的事，你不这么做，我们还算有点情分，现在，你还想跟我结婚？没门！

范小豆：就是，我现在也不做这个梦了！（翻到通信录上一个名字）捞仔，133×××649，你的迷幻药都是从他那儿买的啊！

方达：（切齿）范小豆到底你想干什么？！

范小豆：这么想知道啊，你都问我两遍了。既然情分没了，恋爱谈不了、婚也结不成，那就只能谈钱了……

方达：（笑）银行卡、身份证我都已经挂失了。捞仔是谁？就算我通信录上有他电话，那又怎么啦？我从来就没跟这人打过交道。手机送你了，还有钱包里那点现金，就当你陪了我这一年半年，付你的工钱吧。

范小豆：谢谢了，方总。那，你手机里这条短信，我删是不删呢？（念）"今晚我在家等你，不用回复"，还是银玲给你发的呢。

方达：爱删不删。

范小豆：那我要是交给警察呢？我可没跟他们说，昨天晚上你也去过银玲家。

方达：你什么意思？

范小豆：现在金哲被关在公安局呢，就是因为有人说，看到他昨晚在银玲家。

方达：张银玲出什么事了？

范小豆：你问我我哪知道啊，死得不明不白的，警察也正在查呢，不过，他们从银玲的胃里查出了迷幻药……

方达：张银玲死了？！

范小豆：我不想管你们的事，我只要钱，一百万打到我账上，我就把这些东西都还你，然后离开这里，不再惹你心烦。越快越好哦，不然我改了主意，或者过一天就加一百万，过一天再加一百万，那你就亏大了！等你的信。

范小豆挂了电话，镇定自若的调笑也顿时不见了，尽量平静自己的激动。

公安局走廊　　日　内

高队长往办公室里走，一个娱乐记者紧跟高队长。

记者：高队长，您就给透露点消息吧！

高队长：你们那娱乐八卦不是挺能编的吗？还要我们透露什么？

记者：是啊是啊，我们的想象力加您铁的事实，那才是重拳出击啊！为了不辜负咱们读者，您就多少给透露一点吧，透露一点！啊？是金哲干的吗？高队长？

高队长：我还想你告诉我呢！

高队长不由分说，把记者关在办公室门外。

公安局一办公室　　日　内

高队长刚往凳子上坐，刘栋随后进来，关上门。

刘栋：嘿，这积极性可一点儿不比咱们办案的差！

高队长：金哲那边什么情况？

刘栋：（摇头）还是不肯承认当晚去过张银玲家。至于其他，什么也不说。

高队长：状态怎样？

刘栋：很紧张，也很虚弱，这几天就没怎么吃东西，看得出压力很大，但嘴还是挺紧。

江婷拿着一张单子进来。

江婷：高队，电话单查到了！

高队长：怎么这么晚？

江婷：这两天正赶上电信局故障维修。

江婷有点紧张，偷偷跟刘栋做了个鬼脸。

高队长拿过单子查看，是电信局的通话记录单。

江婷：张银玲当天上午十点二十给金哲拨过电话，通话时长一分零六秒。还有，晚上十二点零六分，张银铃的手机还拨出过一个电话，通话时长十三秒。

高队长：电话拨给谁？

江婷：李辉，张银玲的表弟。可是李辉并没有跟我们提到这个电话。

高队长眉头一蹙！

超市　　日　内

李辉正蹲在地上，往新拖鞋上一个一个打价签，感觉到有人停在他面前，一抬头——是高队长和江婷。

李辉意外。

马路边　　日　外

高队长的吉普车内。高队坐驾驶座，李辉坐副驾驶，江婷后座。

李辉沉默，高队和江婷看着他。

李辉：……是给我打过……当时，当时我睡得迷迷糊糊，就挂了……

高队长：为什么没告诉我们？

李辉：……我、我……

李辉把头埋进双手里，难过又后悔。

高队长：你们都说了些什么？

李辉：我姐哭了，一接电话上来就哭，我嫌烦，应付了几声，说困得厉害，明天再说吧，谁知道、谁知道……

高队长：她为什么哭？

李辉：还不是为了感情，我姐这人什么都好，就是感情上老瞎折腾，弄得自己还特痛苦，还老是半夜三更找我哭，我都烦了，我白天干活又累，哪能老陪她那么聊？可那天、那天我要不挂她电话，听她说，随她说什么，我就听着，说不定就不会出事了……她不就是想找个人哭一哭吗？我是她在这里唯一的亲人，我都不理她，还有谁会理她啊？

我对不起我姑姑……我对不起她们……我不敢说

我接了我姐的电话……

李辉恸哭起来。

江婷都有些被感染。

高队长望着李辉，神情理性、沉稳。

公安局拘留室　　日　内

金哲颓丧地坐在拘留室里。门一开，金哲无力地抬头。

高队长OS：案发当晚十二点零六分，李辉接到死者张银玲的电话，也就是说，命案发生至少是在十二点六分之后。而目击证人看到金哲离开张银玲家的时间，早在当晚的十点十分左右。也就是说，金哲离开时，张银铃还没有被杀。

公安局拘留室外　　日　内

公安人员把金哲的物品一一清点给金哲。

金哲恍惚地看着这一幕，有些不敢相信。

公安局大门外　　日　内

金哲上了出租车后座。

司机：去哪？（久没见回答）去哪？

司机转脸看后座——

金哲一直没反应，突然哭了起来。

公安局某办公室　　日　内

透过窗户，高队长注视着金哲。刘栋进屋，来到高队长身边。

刘栋：已经通知媒体，金哲放了。

高队长：（点点头）有人该坐不住了……

金哲家外　　日　外

出租车停下，金哲下车。没走几步，就有记者围了上来，拍照采访。

记者：您出来啦？能跟我们说说您现在的感受吗？

记者：对于张银玲的死，您有什么看法？

记者：警察突然放了您，是不是说明您跟张银玲的死没有关系？

金哲被记者围困，没有一句话。严丽赶紧出了家门，迎上来。严丽脱掉自己的大外套，裹住金哲，像个护犊的妈妈，坚强有力地挟着金哲进了家门。

门关上，娱乐记者都被挡在了外面。

金哲家客厅　　日　内

严丽把金哲安顿到沙发上坐一下。金哲就这么裹着大外套一动不动待着。

一杯热茶端到金哲面前。接过严丽的茶，金哲捂着双手，有些微微颤抖，严丽两只手握上来，稳稳暖住金哲的手。

公安局一办公室　　日　内

茶杯里热气徐徐冒着。

高队长轻扣指头，望着茶杯，谁也不知道他心里想着什么……

刘栋和江婷不敢打扰高队长。忍不住，江婷还是开了口。

江婷：这么就是说，当晚十二点零六分之后，还有人到过死者家。

刘栋：所以金哲的嫌疑被排除了。

江婷：那也有可能是金哲又回来了。

刘栋：你就事后诸葛亮，照这么说我们就不该放了他。

江婷：那我们也没有证据证明他又回来过啊。

两人都给噎住了。

高队长：至少有一点——

刘栋和江婷望着高队长。

高队长：金哲当晚的确去过张银玲家，而严丽选择了隐瞒，死死咬定当晚一直和金哲在一起。

到底为的什么？

江婷：为了保护丈夫吧，女人哪！（叹）

刘栋：别弄得你们女人多可怜似的，可怕起来别提

41

有多可怕了！

江婷还想拉高队长的票，一看高队长出神地望着刘栋，刘栋也发觉高队长神色有异，两人不由停下拌嘴，都望向高队长。

高队长：查一下严丽！

方达家　　夜　内

电视上正播放娱乐报道，画面是金哲家门前，娱乐记者围堵金哲，采访追问。

OS：……面对记者的追问，金哲没有做出任何回答。警方突然解除对金哲的刑事拘留，虽然没有对此举动做任何解释，但至少可以推测，金哲的犯罪嫌疑程度在减轻。至于警方究竟掌握了什么新的证据，使案件的侦破有了新的进展，金哲是否就此能彻底摆脱犯罪嫌疑，我们娱乐第一线一有新的消息，将第一时间向您报道……

方达神色忧虑，略显焦躁，座机响，方达接听——

宾馆某客房　　夜　内

是范小豆拨的电话，她也正在看电视，听到电话那头也在看电视，笑了。

范小豆：也在看电视啊？你说警察怎么就知道不是金哲干的呢？现在把金哲放了，下一个该轮到谁了，你猜呢……喂——喂——

方达：……不是我干的。

范小豆：我又不是警察，跟我说有什么用！

方达：那天晚上我的确去过张银玲家，但十一点多我就走了。

范小豆：走了，走哪儿去了？

方达：回家。

范小豆：真的？

方达：真的。

范小豆：（笑了）按理说，一个男人骗一个女人，至少说明他还挺在乎这个女人，对吧？珍惜，我真没福气，你早这么在乎我该多好啊！

　　方达：你爱信不信——

　　范小豆：我当然不信！那天晚上我等你等到两点，就在你家楼下！这么冷的天，我一个人守在楼下，等你回家，可你这个时候，正和别的女人在一起！

　　方达：我凌晨四点才到家。

　　范小豆：十一点到凌晨四点，您走的哪段长途呀？

　　方达：我……我去处理别的事……

　　范小豆：（轻笑）这些你还是留着跟警察说吧！还有迷幻药，该不是张银玲当珍珠粉自个儿给自个儿喂的吧？

　　方达：（低吼）范小豆！

　　范小豆：（更厉声）方达！我告诉你，别那么多废话！四十八小时之内，一百万必须打到我账上，不然我手里的证据一股脑儿全交给警察！你自己看着办吧！

　　范小豆凶悍地挂了电话，自己也气愤难平。

方达家　　夜　内

方达把话筒按在座机上，压抑地沉默，徒然——暴喝一声，拽掉座机！

金哲家阳台　　　日　外

严丽在阳台晒衣服。不远处，有记者在偷拍，严丽看也不看，干自己的活儿。

刘栋 OS：*严丽，四十六岁，一九八一年和金哲结婚，一九八三年生下一男孩，叫金窦，现在英国留学。*

金哲家客厅　　　日　内

严丽跪在地板上认真擦地。

严丽仔细擦拭桌椅台面，还有放置的奖杯、证书。

刘栋 OS：*为了照顾金哲，严丽早在一九九七年便辞掉工作，专心在家当全职太太。除了打理家务、照顾金哲的生活，严丽实质上还充当了金哲的经纪人，所有的对外演出、以及其他活动安排，都由严丽出面，替金*

哲一手操办。

金哲家琴房　　　日　内

严丽擦拭金哲的钢琴。

刘栋OS：有人说，严丽这么多年就干了一件事，就是把所有聚光灯都打在金哲一个人身上。

金哲能取得今天这样的成功，离不开严丽的幕后支持。

公安局一办公室　　　日　内

高队长仔细听着刘栋的汇报。江婷接着往下汇报。

江婷：严丽曾经到金哲单位找过领导，要求和金哲离婚。原因是金哲有婚外情。这次都闹到了法院，可最后却不了了之。这以后，传闻金哲又有过两次婚外情，但严丽再也没有闹过，还一直尽心替金哲打点工作上的事，似乎根本听不到这些传闻。

高队长似乎要剥开重重迷雾，冷静地判断、思索着……

金哲家卫生间　　日　内

金哲闷头淋浴，似乎想把一切都冲洗掉！一转头，猛地一惊——

是严丽什么时候悄然进来了，正把换洗的衣服放到台子上。严丽发现金哲惊惧的神情，不由悲悯，低下身，默默把金哲的拖鞋摆放整齐，然后退出卫生间。

金哲望着严丽消失在门口，愣愣地，任由水柱冲打自己。

公安局一办公室　　日　内

刘栋：严丽怎么可能听不到传闻？！关起门来不定在家怎么闹哪！

江婷：或许就是认命了，摊上这样的老公，也只能打落门牙往肚里咽。

高队长眉头微蹙了一下，不语。

刘栋以为高队长不高兴了，赶紧圆场。

刘栋：高队，我们这也就瞎猜，还没调查研究——

高队长：（打断）严丽辞职前在哪里工作？

刘栋：医院。

高队长：什么部门？

刘栋：在——（低头确认一下资料）化验科。

一直稳稳的高队长，眼睛倏然一亮！

金哲家卧室　　日　内

一套修剪指甲的用品铺陈开，是严丽坐在床边伺弄着。

金哲洗完澡进来，停住了，矗在那儿，呆望着严丽。

严丽只是抬眼看了一下金哲，金哲于是很默契、很顺从也很小心地坐到了床上，姿势有些僵直。

严丽又看了一眼金哲，金哲乖乖地靠到了床上，尽量摆好了姿势，把脚放到床上。

掏出指甲剪，严丽开始替金哲绞脚趾甲。严丽面无表情的认真，金哲佯装自然的不自然。空气中只有坚硬、响脆的指甲断裂声，一下、一下，突兀、冷峻，按捺不住的不安……

公安局—办公室　　日　内

高队长正向刘栋和江婷分析案情，清晰利落。

高队长：案发现场显示，在杀死张银玲之后，有人剥掉了沙发靠垫的外套，删掉了手机里所有的通话记录，带走垃圾，擦掉地板上的脚印、门把手上的指纹——消除一切犯罪可能留下的痕迹。

（闪回）张银玲家

沙发靠垫闷在死者张银玲脸上，一双带着手套的手拿起沙发靠垫，剥掉外套。

拿起电话，删除通话记录。

取走垃圾。

擦掉地板上的脚印、门把手上的指纹。

（交替穿插画面）金哲家卧室

严丽替金哲绞脚趾甲。

严丽面无表情的认真……

金哲佯装自然的不自然……

高队长：这一系列动作说明，凶手不仅处事冷静而且富有经验，至少是具备相关专业知识，绝不是一般人能做到的！

（交替穿插画面）金哲家卧室

一不小心，严丽一剪子下去——

金哲哎哟一声！

顿时，鲜血从趾甲缝涌出！

——上集完——

公安局一办公室　　　日　内

高队长和刘栋、江婷继续分析案情。

高队长：张银玲和严丽是否有交往……给范小豆打电话，调查一下。

刘栋点头。

某宾馆客房　　日　内

范小豆静坐着，似乎在等待。拿起手机想拨号，又按住……

方达家　　日　内

方达焦灼烦乱，走来走去，忍不住看一眼手机，又看一眼时钟……

某宾馆客房　　日　内

陡然，攥在手里的手机响起来，范小豆不由一颤！查看，然后接听。

范小豆：喂——

刘栋：你好，我是刑侦处的刘栋。

范小豆：呃，你好。

刘栋：有些情况想跟你了解，你在单位吗？

范小豆：……哦，这几天轮到我休假。

刘栋：那我们去哪儿找你？宿舍？

范小豆：我正好在外面，这样吧，我去找你们吧……没事，没事，一会儿就到……

范小豆挂了手机，心下有些不定。

方达家　　日　内

方达忽然一顿，似乎想到了什么！

公安局一办公室　　日　内

范小豆已经在接受刘栋的询问。

刘栋：你认识严丽吗？

范小豆：知道，不是金哲的爱人吗？我听银玲提起过，但从来没见过。

刘栋：张银玲和严丽接触过吗？

范小豆：好像没有吧。

高队长：请你仔细回忆一下，能不能给个确切的说法。

范小豆：……听银玲谈起她的口气，应该是没见过。对，银玲有次这么跟我说，她从别人那儿听说严丽纹过眼线，银玲还说纹眼线的女人很俗气，要真是这样，金哲真挺可怜的。以我对银玲的了解，她心里应该是把严丽当个对手，才一直这样好奇，想见见真菩萨是什么样吧？（自责又伤感）哦，我这样说银玲不大好，人都不在了……

高队长似乎想看仔细眼前这个女人。

刘栋：没有，你给我们提供的信息越准确，会越有利我们尽快破案。

范小豆：……（仍然心情低落）嗯，我知道……还有什么我能做的吗？

高队长：张银玲和金哲的关系，严丽知道吗？

范小豆：听银玲说，严丽好像察觉到了，但他们夫妻都没有点破。银玲又说，其实以金哲的性情和做事方式，他的任何事都应该瞒不过严丽。银玲也觉得奇怪，严丽怎么就能这么一直忍着……

高队长聚神倾听，细细分析范小豆的每一句话……

公安局外　　日　外

范小豆出了公安局大门，不由深吸一口气，紧张有所缓解，然后离去。

路上　　日　外

顺着马路走，范小豆似乎琢磨着什么，手机响，范小豆拿起看。正好走到拐角——忽然，一只大手把范小豆一捂，悍然掳进街角！

范小豆一惊——是方达！

方达：（咬牙）我就赌你要来公安局，你说我们是不是心有灵犀啊！啊？！

范小豆：我什么都没说！我发誓！什么都没说！

手机还在响，方达抢过去——

范小豆：是刘警官！是公安局的！

方达迟疑了。手机还在响。

范小豆：我不接他们会怀疑的！他们还会再打！你放心、放心！我只要钱！

范小豆满是哀求和示好，电话还在响。

方达：你敢胡说我宰了你！

范小豆连连点头，方达终于放开了她。

范小豆：（忙接通电话）……呃，刘警官……还有什么事吗？

刘栋OS：张银玲平时吸烟吗？

范小豆：不吸。

方达也在听，紧张地看着范小豆。

刘栋OS：那，别的呢？我听说搞她们这行的，时不时还嗑点药啊什么的。

范小豆：……不会吧，我跟她这么多年的朋友，银玲从来不嗑药。

方达紧张地盯着范小豆。

刘栋OS：哦，好的，谢谢了。

范小豆：没事没事，有任何需要随时给我打电话，我跟我男朋友在一起呢……

方达的手捏着范小豆胳膊，一使劲！范小豆忍住痛挂了电话。方达一把夺下范小豆的电话，狠狠地拽紧范小豆。

方达：你跟我玩儿什么？！

范小豆：别——别——警察要找不见我会找你的！你是我男朋友！

方达气极，就要发作，正好有路人经过，好奇地看着他们，方达不敢过激。

范小豆：我一喊你就完蛋，别逼我！

方达气极，又不敢造次。

范小豆：我不想你死，也不想我死，我只要钱！

方达：（咬牙）你想钱想疯了！

范小豆：随你怎么说！给钱我就把东西还你、都还你！大家都有好处！反正，反正把你送进去我也捞不到什么好处！

方达：你就不怕我杀了你？

范小豆：我死，你就是我的垫背！

范小豆强硬地对峙方达，一阵僵持。

方达：（脸寒）你什么时候变得这么可怕！

范小豆：从你要甩掉我开始。

范小豆的眼光让方达发瘆！

范小豆："今晚我在家等你，不用回复。"要是知道这条短信不是张银玲发的，你会怎样？

方达：你？是你发的？你偷了银玲的手机发的短信？

范小豆轻笑。

方达：难怪那天晚上银玲死活不肯承认这短信是她发的——

范小豆：死活不肯承认、死活不肯跟你好——所以你就杀了她！

方达混乱又冲动，范小豆伺机突然挣脱逃跑！方达追上。

路上　　日　外

范小豆狂奔！

方达后面追赶！

几个辗转，方达被范小豆甩掉！

大街上，方达独自一个人，丢了方向！

公安局—办公室　　日　内

江婷忙着整理文字记录。

李辉推门而入，也不敢打扰人，直到站在江婷面前，才被发现。

江婷：呃，来了，上次你录的口供，需要你签字确认一下。

江婷起身找口供笔录。

李辉：凶手抓到了吗？

江婷：还没有。

李辉：听说金哲给放了？

江婷：是。

李辉：那就是说，我姐不是他杀的？

江婷：没有确凿证据之前，一切都不能下定论——

李辉：（急了）那怎么就把他给放了？！

江婷：你的心情我们可以理解，可法律是要讲究证据的。

李辉：对不起，我……我太急了……

58

　　江婷：（体谅地点点头）签字吧。

　　李辉接过江婷的笔，江婷发现李辉右手中指头内侧有个厚厚的茧。

　　江婷：念书的时候很用功吧？

　　李辉：嗯？

　　江婷：（一指李辉手上的茧）写字写出来的？这茧。

　　李辉：用功倒不用功，写字太用力吧，使劲没使对地方，我就这么一个笨人。

　　江婷：（笑笑，接过笔和笔录）没事了，你可以回去了。

　　江婷送李辉到门口，李辉忍不住停下。

　　李辉：有任何消息，我是说抓到了凶手，请一定马上通知我。

　　江婷：好的。

　　李辉出门。江婷转身朝办公桌走，一边随意地举起李辉的笔录看——逆着太阳光，看着李辉的签名。

　　江婷微微凝神，似乎想到了什么……

方达家客厅　　夜　内

一张 A4 纸从打印机里徐徐吐出来,看不清上面的文字，方达的手把纸拿了起来。

方达看着打印好的纸，也在想着什么……

金哲家卧室　　夜　内

金哲和严丽背靠背睡在床上，可是，谁也没有入睡。

轻轻地，金哲起身，悄悄往门外走，快要走到门口，停下了，下意识地察觉到身后的严丽正看着自己。

果然，严丽已经坐了起来，直直望着金哲的后背。

金哲埋下头去。

严丽：干什么去？

金哲：……我想到外面沙发去睡。

严丽：为什么？

金哲：睡不着，怕吵了你……

严丽：我也睡不着。

严丽伸手拉了台灯，屋里有了暗暗的灯光。

金哲只好回到床沿坐下，两人无语。

严丽：你不想跟我说点什么吗？

金哲：……（害怕又懦弱，终于）我睡不着……这两天我做的梦都是在里头……在里头，真还不如死了干脆……

严丽：……都放出来了，就不会再进去了，我们托了关系，也打点了钱，不会再进去了……

金哲仍脆弱地摇头。

严丽心疼了，不由想抱一抱金哲，像母亲那样心疼地抱，哪料——金哲下意识一躲！

严丽不由得一怔！

金哲惶恐地望着严丽，望着、望着……忽然，溃不成军地哭求——

金哲：我求你了！去自首吧！我受不了了！我再也受不了了！

严丽怪异地瞪着金哲，眼光那样陌生、可怕。

金哲：你别这样看我！求你、求你不要怪我……我会等你的！老老实实等你，绝不再碰任何女人！真的，我一定等你回来，怎么都等你！我发誓……

严丽：……我怎么也想不到，你会把我推出去……

金哲：我不是推你，我也很痛苦！这些日子，我在里面想，出来了还在想——

严丽：想来想去还是我进去的好……

金哲：严丽，我对不起你！这么多年你对我这么好，可我管不住自己，我老管不住自己，干对不起你的事……可、可再怎么样，张银玲她、她也不该死啊！你、你不应该——

严丽：金哲，你什么意思？你把脏水泼到我头上？！

金哲：严丽你听我说——我也可以去坐牢，我们都夫妻这么多年了，我可以去！可你想想儿子，我们的儿子，谁在外面对他帮助大？他大学马上就要毕业了，英国那边有我那么多朋友，托他们扶一把，咱们儿子在那边能顺利得多——这都得看我的面子！严丽、严丽我知道，这么多年，我靠的全是你，可我们的儿子，必须靠我，你知道的，严丽！

严丽：……（缓缓）你说得都对……可我还是没想到，你原来这么自私！

严丽突然扑向金哲，疯狂得像要掐死金哲！金哲惶恐地挣扎，两人扭在一起。

情急之下，金哲一抓，严丽脸上顿时一道血痕！

但金哲被严丽掐紧脖子，眼看越来越支撑不住——

门铃响，严丽的动作下意识一停，疯狂的愤怒顿时也被刹住！

金哲家客厅　　夜　内

金哲跑到猫眼前看，一愣，紧张慌乱地赶紧理顺头发，开了门——

是高队长、江婷。金哲尴尬而紧张，把高队长二人让进屋。高队长并不坐。

高队长：对不起，这么晚上门来，想找你的夫人了解一点情况。

金哲：她……睡了……不舒服，今天有点不舒服，睡了……

高队长敏锐地觉出金哲神情有异，进一步坚持——

高队长：能不能请她起来，我们的确有很重要的事情需要向她了解。

金哲：……明天吧，明天我陪她去找你们，行吗？

江婷：金先生，希望你配合我们的工作。

金哲：我知道，可是……我答应你们的一定做到，不就耽误一晚上吗？明天我们去，一早就去——

金哲发现高队长和江婷望着自己的身后，金哲转身——

严丽已经穿戴整齐站在那儿，只是脸上有道新鲜的血痕，是金哲刚刚抓破的。但严丽脸上神色平静，跟刚才的疯狂判若两人。

金哲从这异样的平静中觉出可怕。

严丽：……人是我杀的。

高队长和江婷不能不意外！

而金哲骇然！

公安局审讯室夜内

高队长默默抽着烟,似乎想洞悉眼前接受审讯的严丽。

严丽从容、平静,独自隐忍着哀莫大于心死的冷寂。

严丽:……张银玲是我杀的。

高队长:交待一下犯罪过程。

严丽:……我早就知道张银玲和我先生有暧昧关系,但我也知道,我先生是离不开我的。所以张银玲想跟我先生结婚,我先生是肯定不会答应的（轻轻苦笑了一下）,她太不了解我先生了……

高队长:你怎么知道张银玲想跟你先生结婚?

严丽:有次从电话里,我听到她在电话那头和我先生争吵,我听出她有威胁的意思,好像捏住了我先生什么把柄。之后一段时间,我先生虽然不说,但我看得出他情绪焦躁。然后我就留心了,知道了那天晚上她约我先生去她家,好像要做最后谈判,我知道她已经把我先生逼到绝地了。所以我决定和她谈一次。那天晚上我去了张银玲家……

（闪回）张银玲家

门半掩着，严丽顿了一下，推开门——

张银玲斜躺在沙发上，似乎睡了过去。严丽发现桌上有照片，上面全是张银玲和金哲亲热的画面。

严丽看着看着……把照片揣进衣兜里，拿起了沙发靠垫按紧了张银玲的脸。

张银玲挣扎！严丽按得更紧……终于，张银玲不再动弹。

严丽剥掉沙发靠垫的布套，删掉张银玲手机里的通话记录、擦掉手机上的指纹，取走垃圾和桌上三只啤酒瓶、两个啤酒瓶盖，擦净地板，最后退到门口，擦掉门把手上的指纹，严丽离去……

高队长一直认真听着严丽的供词。

高队长：从现场带走的那些东西现在在哪儿？

严丽：从张银玲家出来，正好她们楼下有个垃圾站，都扔了。

高队长：我们有目击证人看到金哲当晚去过张银玲家。

严丽：他的确去过，因为我一直跟着他，看着他上的楼，我就在楼下……

严丽沉默了，隐忍着自己的伤痛。

刘栋：然后呢？

严丽：我看到我先生下楼离开。

高队长：你没有上去？

严丽：（摇头）……我一直在楼下，然后看到我先生下楼离开。

高队长：这时候是几点？

严丽：大概十点多吧。

高队长：你到张银玲家的时间？

严丽：凌晨一点吧，好像是。

高队长：中间这段时间你做了什么？

严丽：我一个人在街上遛达，遛达……最后还是决定去找张银玲。

高队长：到了张银玲家，进门以后，你确定张银玲是睡着了？

严丽：（尽量镇定，点头）确定。

高队长：你给张银铃喝了什么吗？

严丽望着高队长，摇了摇头。

高队长眼神穿透人心，直指严丽——

高队长：我们在张银玲的胃里查出有迷幻药。

严丽：（马上）肯定不是我先生下的，他从来不沾这些东西，这点你们可以查。至于张银玲，这种女孩把持不住自己，她有没有嗑药的习惯，你们也可以查。

高队长判断着严丽这份果然……

严丽目光迎上，镇定而坚决。

高队长：为什么要杀张银玲？

严丽：……这些年轻女孩勾引我先生，我可以容忍，我知道我先生是个动情不动心的人，动不到我的家庭。可谁要想让我先生身败名裂，我绝对不允许。她要这么做，毁的不是我先生一个人，是我的整个家。

高队长看着这个地母一般的女人，心有所思……

公安局走廊　　夜　内

高队长和刘栋走过来。

刘栋：据范小豆回忆，张银玲从来不嗑药。

高队长：去查一下，金哲有没有服用迷幻药的经历。

江婷挂了电话追上来。

江婷：垃圾站的垃圾都隔天运走、销毁，严丽扔的证物查不到了。

高队长明白这条线也断了。

刘栋：连杀人都认了，严丽没道理不承认迷幻药是她下的！

高队长：如果不是金哲，那就还有一种可能：当晚十点十分左右金哲离开之后，到凌晨一点严丽到达之前，还有其他人去过张银玲家。而且很有可能，就是这个人给银玲下的迷幻药。你们注意到没有？在严丽的交待当中，她收走的是三个啤酒瓶、两个啤酒瓶盖儿，现场桌面上留下的，也是三个啤酒瓶的印痕，那，还有一个瓶盖在哪？

江婷：我马上去张银铃家再查一次。

高队长点头，江婷匆匆离开。传达室的老张上前，递给高队长一封信。

老张：高队，有封信忘了给你。

高队长拆开看，是封匿名信，信文是电脑打印的——"范小豆不是张银玲的朋友，是她家以前的保姆。"

突如其来的匿名信，高队长不禁凝神思索……

商场某化妆品专柜　　日　内

刘栋来到范小豆工作过的化妆品柜台前，询问售货小姐。

刘栋：请问范小豆在吗？

售货小姐：早就辞职了。

刘栋：辞职？什么时候？

售货小姐：有几天了。

刘栋略一停顿，拿出手机，拨号。

刘栋：……喂，我是刘栋啊……

西餐厅　　日　内

刀叉熟稔地切牛排，是范小豆优雅地吃着西餐，时髦的装束和发型，哪像是一个保姆？！

坐在对面的刘栋不禁暗下观察。

范小豆：我也就随便一说，你还真请我吃西餐啊！能报销吗？

刘栋：我们哪有这么高级的工作餐啊，算我私人请你！说真的，这些日子不少麻烦你！

刘栋拿起酒杯和范小豆碰。范小豆喝了口红酒，叹了一声。

范小豆：有什么麻烦的，银铃是我这么好的朋友，真的，可能我也就这么一个朋友，只要我能帮到的，一定尽力。

刘栋：我觉得你这人脾气挺随和的，应该朋友挺多的啊！

范小豆：表面上和和气气的当然不少，可知心朋友，你也知道的，不好交。

刘栋：知心朋友……我不知道你们女孩子是不是都把知心朋友当垃圾筒，什么都往里头倒？

范小豆：（一笑）是呀！杂志上说，这也是减压的好办法，你呢？有没有能倾诉的人？

刘栋也一笑，摇头。

范小豆：女朋友呢？不跟女朋友说吗？

刘栋：嘿，说了她也未必理解，都是工作上的事。

范小豆：……（忽然）我男朋友也这样，什么事宁可烂在肚子里，也不肯跟我说。

刘栋：你男朋友？没听你说过啊！

范小豆：你也没问过呀！我们认识这么长时间，除了工作，你也没跟我聊过其他话题。

刘栋：（笑）行行行，那就聊聊你男朋友！

范小豆：（俏皮地）哼，不说了！

刘栋：那就还是跟我说说你和张银铃的事吧，说不定就能聊出什么线索来。

范小豆：（情绪又低落了）我和银铃这么多年的朋友……

刘栋：那是多久？

范小豆：至少也有八年了吧，就像姐妹一样亲。你问过我，记得有谁跟银铃发生过不愉快，这些天，我也在仔细回想，可真没有厉害到要杀她的，这得多恨呀……这样吧，我有什么想起的，一定会主动给你打电话。

刘栋：所以还得拜托你再仔细想想，有没有什么疏漏的，比如她过去的朋友、曾经交往过的人。唉，看来我们还真得把她以前的事都调查清楚。

范小豆神色有那么一愣，但随即平缓下来。

范小豆：真够辛苦的。

刘栋：有你这样帮忙，算是顺利多了！

范小豆：这样吧，我想起什么，再给你电话。

刘栋：我再请你吃饭，随时电话，我随时去接你下班！

范小豆：（摇头笑）我假还没休完。下次吃饭我来想餐馆，我请你！

公安局一办公室　　日　内

刘栋正在跟高队长汇报。

刘栋：……她可没说她辞职，我也没给点破。不过我提到要调查张银铃以前的事，她脸上的确有点挂不住。

高队长：没让她看出你在试探她？

刘栋：怎么可能！不过说实话，我还真看不出范小豆什么地方像个保姆，妆化得那就不用说了，本来就是卖名牌化妆品的，还有她那头发、那造型，时髦得一看就不便宜，还有吃西餐，那刀叉使得那叫一个优雅，说实话，可比咱们江婷还洋气。

江婷正好进来。刘栋心虚得赶紧打招呼——

刘栋：哎，江婷！

江婷直接向高队长汇报。

江婷：我跑了张银铃以前住过的太平小区，她是三年前从太平小区搬走的。邻居回忆，当时张银铃的确有一个保姆，大概是八年前到的她家，是个农村来的小丫头，大家就知道管她叫丫头。她们说，当时看那丫头又黑又粗，没几年，看着看着起变化：人变得细细高高、皮肤又白又嫩，而且张银铃穿旧的衣服好多是名牌、用旧的化妆品像 CD 啊什么的都给了她，她也挺能收拾的，以至于走出去，人都当她是张银铃的妹妹。

高队长倾听中，不时回想——

（闪回）商场化妆品专柜

范小豆在化妆品专柜前替顾客化妆。

范小豆向顾客介绍化妆产品。

刘栋：（惊）这是邻居还是卧底啊，知道得这么细？！

江婷：小区里的保姆啊，保姆们一扎堆，谁家摔个玻璃杯碎了几瓣儿都瞒不过！

我把范小豆的照片给了他们看，的确就是当年那个丫头，那几个保姆都特羡慕，直说范小豆比以前更漂亮了！

高队长：当时范小豆和张银铃的关系怎样？

江婷：挺好的，小区的保姆都拿张银铃当模范似的，跟自家的主人比。

刘栋：范小豆隐瞒自己身份，可能就是女孩子的虚荣吧。不过你不说，我是真瞧不出她以前是农村来的、做保姆的，是不是江婷？

江婷：你问我？我又没她洋气！

江婷撇一下话掉头就走，给刘栋噎在那儿。

刘栋：……我不也工作嘛，对了，队长，为了掩护，那顿西餐我只好沉住了气，说是我个人请客，我可没开发票——

高队长：是，吃人的嘴短，该范小豆沉不住气了……继续调查范小豆周围的人，第一个就是范小豆的男朋友。

某高级品牌洁具店　　日　内

拐角处，一店员正和方达一边检查浴缸，一边私语。方达明显心不在焉，情绪不定，不时看看手机。

方达：这两天赶紧把这批货全给我收起来。

店员：您不用担心，这批货仿得这么好，谁要是能看出来，我把脑袋给他。

方达：你脑袋，你脑袋值什么钱？！

店员：（讪笑）我意思不就是让您放心嘛。

方达：你废什么话，叫你收起来就收起来，叫你什么时候拿出来你再给我拿出来！

方达电话响，马上看号码，拿着手机走开。

店员：……（莫名委屈又愤愤不平）黑心钱又不是叫我给赚了……

某高级品牌洁具店　　日　外

方达酝酿了一下情绪，然后接通电话，神情和语调忽然就变得焦躁。

方达：说——

某宾馆客房　　日　内

是范小豆正在通话。

范小豆：警察又来找我了，是个年轻的男警官，还挺帅的，还请我吃西餐呢。

方达：那就赶紧抓住啊，你不着急嫁了吗？

范小豆：（笑）人家就想嫁你嘛！我跟他说我有男朋友。

方达：（惊）你跟警察说我了？

范小豆：别紧张。

方达：那他们会找我吗？

范小豆：如果我再多说那么一点，比如你跟张银铃的关系。比如，你不把一百万打到我账上……

方达：……（乱了）你知道……这么大笔资金不是一天两天就能办齐的……

范小豆：我不管！现在警察已经开始调查张银铃以前的事了，迟早要查出我以前给她干过保姆，你跟她的事也藏不了几天！现在离咱们约定的四十八小时越来越近，到时候钱要到不了我账上，我手里所有这些证据就该统统交到警察那儿了——

方达：小豆、小豆你听我说，再容我几天，两三天就行，我保证把钱打给你！

范小豆：明天中午十二点，十二点之前，钱必须到账，这是最后的期限，你自己看着办吧！

范小豆放了电话，脸上还残留着强硬和得意。

某高级品牌洁具店外　　日　外

方达挂了电话，刚才慌乱的神情不见了，琢磨着什么……

某高级品牌洁具店内　　日　内

方达进了店门，店员正在跟刘栋说话，店员先发现了方达。

刘栋：你是方达吗？

方达望着刘栋。

公安局—办公室　　日　内

方达接受高队长和江婷的询问调查。

高队长：张银铃死了，你知道吗？

方达点头。

高队长：听谁说的呢？

方达：小豆，范小豆。

高队长：你和范小豆什么关系？

方达：她是我以前的女朋友。

高队长：以前？范小豆没有说你们分手。

方达：……是我提出的分手……

高队长：为什么？

方达：……

高队长：因为案情的关系，有些情况我们需要了解，希望你配合。

方达：（猛然明白，但不敢相信）你们的意思是，怀疑是小豆杀的？！

高队长不管方达的激烈反应，语意双关地——

高队长：好像现在怀疑的是你……

方达：……（痛苦）不可能、不可能……怎么也不至于……

高队长：什么不至于？你指的是什么？

方达：……我只知道她们最近关系不大好。

高队长：为什么？

方达：小豆对张银铃有误解，她以为我跟她分手是因为张银铃。她总瞎猜我和张银铃有什么关系，而且有一次，张银铃无意中告诉我，小豆以前是她的保姆，小豆因为这事心里对张银铃有意见。其实，做没做过保姆，我怎么会在乎，我找女朋友看中的是她这个人，可是小豆——

高队长：怎么？

方达：这个场合说她的不是，好像不大合适，不管怎样，我不相信她会杀人！

高队长：我们并没有说她就是凶手，希望你放下顾虑。

方达：……小豆这姑娘就是有点虚荣，谈恋爱吧，就是个感觉，我觉得她可能更看重的还是我有那么点钱吧。这倒也无所谓，可找女朋友谁都不希望找个心机那么重的，我一个生意人，本来一天脑子就够累的，回家还要继续跟老婆转，我不要这样……

高队长素来处变不惊地冷静，对方无论什么样的表现似乎都难以干扰他的情绪和判断——

高队长：有什么具体的事吗？

方达：就说那天，张银铃出事那天的上午，我接到一条短信，是张银铃发的，让我晚上去她家，我当即就给她回了个电话，她居然说根本就没给我发过短信。后来是范小豆亲口告诉我，是她拿了张银铃的手机偷偷给我发的，她是想试试我和张银铃到底有没有猫腻。你说可怕不可怕？！

高队长：那你当天晚上去没去张银铃家。

方达：人家电话里都说短信不是她发的了，我怎么可能还去？

高队长：范小豆平时吸烟吗？

方达：烟倒不吸，只是——

高队长：什么？

方达：……（忽然像下了决心似的）既然跟你们说了这么多，索性就交个底吧，这个，也是我跟小豆分手最主要的原因，她对迷幻药有点上瘾，这一点，我无论如何也忍受不了！

高队长似乎能从方达脸上、言语背后发现什么……

公安局大门外　　日　外

高队长带着刘栋、江婷上车。车走。

刘栋 OS：已经查到，范小豆入住的是××宾馆 403房间，预定明天中午退房。

路上　　日　外

高队长、刘栋和江婷坐在车上。

某宾馆大堂外、　内　日　外、内

高队长带着刘栋和江婷进了宾馆，穿过厅堂。

某宾馆客房　　日　内

宾馆服务员开了房门，高队长等人进去，里面空无一人。

高队长等人开始搜索房间。

翻找范小豆的行李，查出一个包装好的包裹。打开——手机、通信录、钱包，还有迷幻药！

某宾馆电梯间　　日　内

电梯门开，范小豆出来。

刘栋和江婷两侧迎上。

范小豆看到对面的高队长，手一抖——

机票掉在地上。

公安局审讯室　　日　内

机票被高队长拿起，翻开，有范小豆的名字，有出发日期。高队长看着对面的范小豆。

高队长：明天一下午三点的飞机，去深圳。

范小豆不语。

高队长把迷幻药一亮。

高队长：这是什么？

范小豆望着迷幻药，越想越慌，越来越意识到问题的严重，忽然惊恐起来！

范小豆：不是我，真的不是我，这是方达的！都是他的！

高队长翻着钱包，里面没有钞票，只有各种信用卡和方达的身份证。

高队长：那他的东西怎么都在你手里？你们不是都已经分手了吗？

范小豆：（猛地明白）是他跟你们说的？方达找过你们？！你们不要信他的，人是他杀的！

真的！我敢用这条命做保证，人真是他杀的！迷幻药是他的、那包东西都是他，那手机也是他的，上面有银铃发给他的短信，约他那天晚上去银铃家，我本来打算明天走之前交给你们，是他给银铃下的迷幻药！是他杀的张银铃！得不到张银铃他就干脆杀了她！

高队长：为什么要明天走之前再交给我们？你和张银铃这么好的朋友，难道不希望我们尽快抓到凶手吗？

范小豆：我……毕竟方达是我的男朋友，我下不了决心。可是没想到，他会反过来陷害我，真的没想到……

高队长：张银铃被害的那天晚上，你有没有去过张银铃家？

范小豆：没有。

高队长：那你在哪儿？

范小豆：我在方达他家外面等了他一晚上，凌晨两点才离开，方达他一直没回，我能证明那天晚上他不在家，他一定去了张银铃家。

高队长：也就是说，没有人能证明当天晚上你在哪里。

范小豆无话可说，害怕又混乱。

高队长拿起手机，翻到那条短信。

高队长：这条短信是你发的吗？

范小豆：（只好点头）当时我在银铃家，是我拿她手机发的。

高队长：为什么，为什么要这么做？

范小豆：方达以前和银铃好过，我总担心他们还没有断。

高队长：所以你就杀了张银铃，还想嫁祸到方达身上！

范小豆着急惶乱，登时一头晕过去！

方达家客厅　　日　内

方达猛地被惊醒，腾地从沙发上坐起来，下意识看看手机，没有动静。方达心神不宁……

张银铃家楼下　　日　外

吉普车停下，高队长和刘栋下了车。

刘栋：高队，江婷已经仔细复查过了，没找到那个瓶盖。

高队长抬头看看眼前的楼房，没有吱声，往里走。

刘栋没辙，只能跟着高队长。

张银铃家外电梯　　日　外

电梯门开，高队长和刘栋出来，朝张银铃家走。两人在门口停下，穿鞋套，戴手套，然后，刘栋打开了门。

张银铃家　　日　内

里面自然空无一人，寂静静的。脚下有从门缝塞进来的小宣传广告，刘栋捡起一看，是本小区一家新开张的饭馆。

高队长和刘栋开始又一遍的现场勘查，仔仔细细，每个角落。最终没有收获。两人停了下来。刘栋望着高队长，觉得这老头有时候真还挺倔。

高队长丝毫不为刘栋的情绪所干扰，他独自慢慢地打量屋子，凝神沉浸在想象中……

刘栋不禁望向高队长，的确，很多时候这位刑侦队长有太多让人琢磨不透的地方……

高队长一个人手势比画着……慢慢地，他朝着身体左后方走去——停在一个鱼缸前，高队长被里面的小型鲨鱼吸引，这条焦躁游窜的鲨鱼……

高队长打开手电，一束光倏然亮起，射进鱼缸，鲨鱼更惊！

刘栋好奇地走了过来。

高队长打着手电，绕到鱼缸背面——

一个反光点突然闪了高队长一下，手电马上返回——

一个啤酒瓶盖卡在假山背后！

刘栋不可思议地看着他们的高队长！

某高级洁具店外　　日　外

车停下来，方达赶紧下车。

刘栋从洁具店出来，走向车。

方达：抱歉抱歉，堵了会儿车！（为难地看看洁具店里的店员）要不我们去星巴克坐坐？

刘栋：就上你车吧，在车里谈。

两人钻进方达的车。

刘栋：还有事情需要向你核实。

方达：你说，尽管说。

刘栋：你和张银铃到底是什么关系。

方达：……曾经有过那么一段，但很快就结束了，好在我们后来还一直保持朋友关系，其实小豆就是银铃介绍给我的，她说自己个性太善变太任性，做不了好太太，又夸小豆是个踏实过日子的，唉，银铃毕竟不是我们男人，看女人还是不准——不过话说回来，也看人不准。

刘栋：那张银铃被害当晚，你在哪里？

方达：我一个人在家，那天白天太累，店里一堆的事，晚上九点不到我就睡了。

刘栋：你确定你没有跟范小豆在一起？

方达：（笑了一下）当然，我记得很清楚。怎么？

刘栋：据范小豆说，案发当晚她一直跟你在一起。

方达：她是这么跟你们说的吗？为什么她要这么说……

刘栋：这个我们也想知道。

刘栋无意中看到脚下有一张小宣传单——

（闪回）**张银铃家**

刘栋进门时，脚下踩的正是同样的宣传单！

刘栋"无意"地滑落手里的包，然后把包拾起，脚下的宣传单不见了。

公安局审讯室　　日　内

严丽正接受高队长等人的讯问。

高队长：再仔细回忆一下，当晚离开张银铃家前，你打扫现场，有没有带走啤酒瓶？

严丽：有。

高队长：几个？

严丽：三个。

高队长：没有啤酒瓶盖吗？

严丽：有，在桌上，跟开啤酒的起子在一起，我都装进垃圾袋，带走了。

高队长：几个啤酒瓶盖？

严丽：两个。

高队长：两个？不是有三个啤酒瓶吗？

严丽：我也在地上找了，没找见。

高队长：那起瓶盖的起子呢？

严丽：我也拿走了。

高队长：起子当时放在哪？

严丽：就在桌上，瓶盖的旁边。

高队长看着严丽，心中自有想法……

金哲家　　日　内

金哲沮丧而焦灼，门铃一响，赶紧去开门，进来的是严丽的弟弟严宽。

金哲：怎么样？你姐姐怎么样了？

严宽：（愤愤）能怎么样？！你说杀人犯在里面能什么样？

金哲：……还能想办法救她吗？

严宽：叫你准备的呢？

金哲赶紧从柜子里掏出厚厚一摞钱。严宽扯过报纸三下两下包起来，理也不理金哲，转身就朝大门走。金哲赶紧追在后面。

金哲：严宽——（哀求）一定要救你姐出来！

严宽极为蔑视地看了一眼金哲，摔门而出。

某超市酒水货架前　　日　内

李辉递给江婷一瓶饮料，江婷忙推辞——

江婷：谢谢！

李辉：这是我买的——就一瓶水嘛。

李辉执意，江婷只好接过来，拿在手上。

江婷：方达认识吗？

李辉：认识，小豆的男朋友。

江婷：他和你表姐的关系，知道吗？

李辉：和我表姐？不知道。难道他跟我表姐还——

江婷：那范小豆以前给你表姐做过保姆，你知道吗？

李辉：这个我知道。后来她那工作还是我姐帮她找的。

江婷：这么就是说她们处得还不错。

李辉：我姐那人热心，怕小豆不会替人化妆，还特意带小豆去找了一个什么造型师，学了一阵。可、可你要说方达跟我表姐还、还……那小豆心里怎么想啊！

江婷：范小豆从来没跟你提起过这个，或者流露过什么情绪吗？

李辉：（摇头）没有。

江婷若有所思，手上下意识拧饮料瓶盖，却怎么也拧不开。

李辉接过来，拧了几下居然也拧不开，脸上挂不住了。

江婷：（赶紧）算了算了！

李辉一急，张嘴就咬住瓶盖，牙一拧，开了。

李辉马上把饮料递给江婷，江婷看着被李辉咬过的瓶盖，有些犹豫，李辉这才觉出自己的不妥。

李辉：这、这、我再给你买一瓶！

94

江婷：（赶紧一把接过饮料，笑）没事没事！

李辉不好意思地笑了笑。

看看都被咬变形的瓶盖，江婷没了想喝的意思，也只好冲李辉笑笑。

公安局—办公室　　日　内

刘栋把那张小宣传单放到桌上。

刘栋：……我已经调查过，这张塞在方达车里的宣传广告和那晚我们在张银铃家发现的宣传广告相同，而且，这家饭馆散发这张宣传广告的第一天，恰好就是张银铃被害那天，这证明，方达肯定去过张银铃家，而且时间一定是在张银铃被害那天之后。

江婷：方达说收到张银铃发给自己的那条短信之后，当即就给张银铃回了电话，可在张银铃手机和座机的当日通话记录中，没有方达的电话。

刘栋：方达声称当晚他不到九点就睡了，也就是说，没有人能证明当晚他到底干了什么。

高队长：（点点头）不出意外，那封提示我们调查范小豆的匿名信，应该就是方达写的。（对江婷）严密监控方达。

江婷：是。

座机响，刘栋接听，挂了电话向高队长汇报。

刘栋：范小豆想见您。

公安医院走廊　　日　内

高队长带着刘栋往病房走，医生在一旁解说范小豆的情况。

刘栋：怎么可能？！

医生：这种情况比较少见，但也并不奇怪。主要是因为患者长期以来精神处于极度压抑紧张或者焦虑，不是有句成语"千钧一发"吗，这根头发一旦绷不住了，顿时各种隐藏的状况就突然都冒出来。

刘栋：我明白，你的意思是冰冻三尺非一日之寒。

走到病房前，医生停下来。

医生：她要是能发泄出来，对她是好事。

高队长点头，推门——

公安医院某病房　　日　内

门被推开，范小豆坐在病床上，愣愣地低头望着手里的什么东西，头上严严实实包着一个病号帽，有些让人陌生。等高队长等人走到床前站定，范小豆才意识过来，虚弱地望着高队长。高队长发现——

范小豆刚才一直低头呆望她自己的手，正捏着一把头发——一夜斑秃，让范小豆头发大把脱落！

范小豆：……我没有杀银铃。

高队长：（点头）知道。

范小豆：我没想害死她，我只想拆散他们俩，我没想到方达会杀了她……

范小豆哭了。

刘栋：（不忍）先别说了，你先休息吧。

范小豆：不，我要说！我要说真心话，我保证我说的每个字都是真的！我已经遭报应了，老天爷一晚上把我的头发都揪掉了！老天爷罚我没脸见人！我一定要把心里的话都说出来！

范小豆心疼地捏着自己的头发，激动不已。

高队长：不急，慢慢说……

范小豆：……（平静了一阵）短信是我发的，是我想报复银铃。八年了，虽然别人看来，银铃跟我关系很好，我们跟朋友一样，可我知道我只是她用过的保姆，她对我的好只是一种施舍，就像她跟方达谈恋爱谈腻了，就把方达踢给我，好自己脱身。我能有什么可挑剔的？一个农村来的乡下姑娘，在这大城市里没依没靠，能找个有钱的，留在大城市过日子，我就心满意足了。好在方达也挺喜欢我……可就在方达想要娶我的时候，张银铃因为嫉妒，把我是从农村来的、给她当过保姆、怎么在她的调教下麻雀变凤凰的事统统都告诉了方达！我、我这么多年，努力地改造自己，好不容易，人家都当我就是个城里人了，我想我也终于可以苦尽甘来了，张银铃这么一下子，就把我所有的一切都打碎了！这以后，方达再也不跟我提结婚的事，还有意疏远我。我委曲求全，低三下四，天天跟小媳妇一样，也很难再打动他！最让我恨的是，他还想缠着张银铃，可张银铃根本就不把他当盘菜！张银铃有新的目标，就是又有名又有钱的大音乐家金哲，她天天吵着逼金哲离婚，跟她结婚。那天，张银铃告诉我，晚上她约了金哲，说这次非逼他离婚不可，因为她有拿住他的东西。张银铃给我看了一些照片，都是她和金哲挺亲热的那种。

（闪回）张银铃家

张银铃给范小豆看照片，范小豆趁张银铃进卧室，偷偷拿张的手机发短信。

范小豆：我觉得这是个机会，我偷偷拿张银铃的手机给方达发了个短信，约他晚上来张银铃家，我想让方达撞见金哲和张银铃在一起，好让他对张银铃死了那份心，我也想报复张银铃，让她做不成方达的女皇，以后别想拿方达跟块抹布似的，想捡就捡想扔就扔！我还想，要是、要是还能让金哲看清楚张银铃那就更好了！就这样，晚上我跑到方达家楼下，一直等他回来，我想他要是从张银铃那儿受了打击回家，一定会需要我！我等、等……从八点等到凌晨两点，我想，一定是出现了最坏的结果，方达不但没有跟张银铃闹翻，反而是留在那儿过夜了……万万没想到，方达会杀了她！我没想害死银铃姐……

望着泣不成声的范小豆，高队长眼里第一次有了怜悯的温和……

公安局鉴定科实验室　　夜　内

正在进行化验鉴定的仪器，一刻不停加着夜班……

公安局一办公室　　夜　内

高队长稳稳坐着，只有指尖的敲打，透着他等待的心情……

公安局拘留室　　夜　内

严丽未眠，失神地呆坐……

方达家客厅　　夜　内

方达独自坐在沙发上，心神不宁……

公安局医院某病房夜内

范小豆靠在病床上，难以入睡……

金哲家琴房　　夜　内

各种奖杯证书前，肃静的钢琴前，寂寞的金哲，孤独得令人窒息……

公安局一办公室　　晨　内

高队长双目微闭，似乎入定……

江婷推门而入。

高队长登时睁开眼。

江婷：高队，检测结果出来了！

高队长接过测验单看，抬起头，一切了然于胸！

忽然电话响，高队长接听——

金哲家琴房　　晨　内

是金哲拿着电话——

金哲：是我，金哲，我投案自首，人是我杀的……

公安局一办公室　　晨　内

看不出高队长任何表情的变化，只是缄默不语……

公安局大门　　日　内

金哲停了停，鼓起勇气进了公安局大门。

公安局办公楼　　日　内

一鼓作气，金哲径直往里走，来来往往没人在意金哲，还有警察押着小偷从金哲身边经过。

公安局一办公室外　　日　内

金哲硬着头皮走到一办公室门外，敲门。

高队长 OS：进来——

金哲推开门，一愣——

公安局一办公室　　日　内

屋里坐着：高队长、刘栋、范小豆、方达，还有严丽。

金哲呆呆望着严丽，严丽也望着他，脸上木然，是看不出什么表情⋯⋯

高队长：进来吧。

金哲进来关了门，看到还有一把空椅，犹豫了一下，试着坐了下来。

高队长似乎没有在意每个人的表情，自顾自地开场。

高队长：在座的四位都和张银铃有关系，严格地说，都涉嫌杀害张银铃。

范小豆、方达、金哲、严丽表情各异。

高队长：按常理，你们今天是坐不到一块儿的，但张银铃被害的那天晚上，是一段、一段、一段（逐一点出四人），拼凑了整个案件。当晚张银铃家第一个客人——金哲，你们的谈话显然不愉快，张银铃手里捏着你们的照片，扬言要是你不离婚，跟她结婚，这些照片就要公布到网上。你们的争吵越来越大声，吵到了隔壁邻居。而此刻，还有一个人守在楼下，忐忑不安等着结果。结果，自然还没争出什么结果，你就离开了张银铃家，时间是十点十分左右。

（闪回）张银铃家

张银铃拿着照片和金哲争吵，金哲想抢夺照片，最终没能得手，愤然离去。

（闪回）张银铃家楼下

严丽等在楼下，不时向楼梯口张望。

（闪回）张银铃家

邻居从猫眼里看到金哲离开。

（闪回）张银铃家楼下

方达下了车，锁车门，走进楼里。

　　一个饭馆服务员把宣传单塞进方达车里。

　　接着，第二位客人不请自来（看向方达，举起那张宣传单），你一走，就有人往你车里塞了这张小广告。说不请自来有点冤枉，因为你的确在当天上午接到过张银铃发来的短信，约你当晚去她家，你当然不知道其实这条短信是范小豆偷偷拿张银铃手机发的，目的是想让你撞见金哲在张银铃家，谁知你和金哲无意中打了个时间差，刚好错开。刚刚跟金哲发生争吵的张银铃，对你半夜突然造访，当然客气不到哪儿去，你趁兴而来，自然不想败兴而归，于是用起子开了两瓶啤酒，又趁张银铃不注意，（举起迷幻药）偷偷把迷幻药下到张银铃酒里……张银铃喝下酒，渐渐开始有了反应……然后、然后你就——

　　（闪回）张银铃家

　　方达起开两瓶啤酒，和张银铃碰杯，张银铃兴致不大。

　　方达几次想亲热张银铃，都被拒绝。

　　方达发现照片，不甘心，更想霸王硬上弓，被张银铃更激烈地拒绝，酒洒到张银铃身上。

趁张银铃进卫生间擦衣服，方达把随身的迷幻药下到张银铃的酒里。

张银铃出来，喝了几口酒，开始渐渐迷糊。

方达盯着张银铃，步步取进……

方达：（大叫）我没有！我没有杀她！你说得都对，可没有然后，我没有！我十一点多就走了！

高队长：那你怎么解释凌晨两点都没回家，你在哪里？

方达：……我一个人在街上走……

高队长：（厉声）方达！所有证据表明：你再不说实话就推不掉你的犯罪嫌疑了！什么轻什么重你还掂量不出吗？

方达：……（终于妥协）我突然接到电话，让我去处理一点急事……

高队长：什么事能重要到让你马上决定撤？

方达：……

高队长：有谁能证明你去了哪儿吗？

方达：……

高队长：急事，也是见不得光的事吧……

方达：……是店里的事，有人告诉我，第二天工商局有突击检查，所以我，我必须赶紧赶回店里……因为，因为我们有一些商品质量不是很合格，所以……

高队长示意，刘栋向方达亮出一沓照片，照片上，方达和店员趁夜在运货。

刘栋：这是昨晚我们拍到的，你们偷运仿冒品。

刘栋又亮出电话通讯记录单据。

刘栋：这是你的手机通话记录，案发当晚十一点十三分，你接到店里职工彭卫的电话。

方达：（败了）是，他通知我第二天一早工商局有突击检查……

高队长：所以案发当晚，就在张银铃迷迷糊糊、药劲上来的时候，你意外接到电话，不得不赶紧撤离。时间是十一点一刻左右。

（闪回）张银铃家

就在方达一步一步靠近张银铃的时候，手机响，方达接听。

无奈，方达挂了电话，只好离开，门都没来得及完全关上……

方达无话可说，低头听着。

范小豆感到意外，瞪着方达然后又看向高队长。

高队长：你（看向严丽）看着金哲离开了张银铃家，你没有马上上楼去，也没有跟着金哲回家，而是一个人在街上溜达，你在犹豫，最后你做了一个决定，还是要找张银铃谈一次，你返回了张银铃家，时间已经是凌晨一点了。

（闪回）街上

严丽独自一人溜达……然后转身走！

（闪回）张银铃家

门半掩着，严丽想敲门，还是推开门看到张银铃斜斜躺在沙发上。

严丽步步凑上去，发现了桌上的照片，一张张看，越看气越难平……

然后，严丽看向张银铃，一步步逼近……

高队长：你进了张银铃家，看到一个女人躺在沙发上。因为迷幻药发作，张银铃已经昏迷过去，你发现了照片，上面全是金哲和这个女人亲热的画面，你确定这个女人就是张银铃，于是你就拿起靠垫，朝张银铃脸上按去——

严丽：没有——我没有！我没有闷死她，不是我、不是我！

严丽激动地看向金哲——

严丽：你告诉我，人是不是你杀的？快告诉我啊！

金哲：……是，是我……

严丽：你说实话啊！你到底杀没杀她？！说实话！

金哲：……没有。就跟高队长刚才说的那样，我是十点多离开的。

严丽：（转脸望向高队长）我也没杀张银铃，我承认杀人，完全是为了替我先生顶罪。那天晚上，我到张银铃家的时候，她已经死了，我以为是我先生干的，我当过医生，我能看出她是被闷死的，我还看见沙发靠垫就扔在她脚下，我第一个想法就是拿走照片，然后、然后打扫现场。可我没有杀人，我真的没有杀她！

严丽这才释放所有的激动委屈。

金哲望着妻子，百感交集。

高队长：你不知道你这么做也是违法的吗？

严丽怎能不知道，默然……

高队长微微颔首，似乎一切都在印证当中。高队长转脸向刘栋示意，刘栋立即拿起电话拨了一个内线号码。

刘栋：过来吧。

范小豆、方达、严丽、金哲都不知还有什么将要发生。

门推开，江婷领着李辉进来。李辉看到这么多人，同样也是一愣。没有凳子，李辉只好和江婷站着。

高队长：今天把你叫来，是因为你表姐张银铃的案子，就要有了最后结果。

李辉：真的？凶手抓到了？

高队长：对，凶手就在这个房间里。你看一看，你觉得谁最像呢？

李辉：这，我怎么能乱猜！高队长，你们破案不都要讲究证据的吗？

高队长：对，一定要有证据——但也不妨碍我们现在先来推一推。在你进来之前，关于事发当晚的一个个片断我们都已经组合好了，现在就差一块、最关键的一块，你来了，什么问题就都解决了！

李辉：高队长，你什么意思，我真还没听明白……

高队长：事发当晚，十一点一刻之后，你到了你表姐家，趁着你表姐服用了迷幻药迷迷糊糊的时候，你要拿走她的银行卡，在争执中，你拿起沙发靠垫闷死了你表姐！

李辉：没有！我没有！这么大的事，高队长你怎么能乱开玩笑、想怎么说就怎么说！

高队长：证据当然有。

高队长拿起一个塑料袋，里面装着一个啤酒瓶盖。

高队长：你在表姐家喝了一瓶啤酒，这就是那个啤酒瓶盖。不幸的是，这个瓶盖严丽打扫现场的时候没有找到，所以她拿走了三个酒瓶，其中两个是张银铃和方达喝过的，还有一个，就是你喝的。

李辉：你怎么能随便拿个瓶盖就说我去我姐家喝过啤酒？高队长，这太没道理了！

高队长：这个瓶盖没有放在桌面，却掉进了鱼缸。张银铃家的鱼很焦躁，知道是为什么吗？

那是一种小型的鲨鱼，对血腥味极其敏感，它闻到了血腥味，不是来自它的主人，而是掉到鱼缸里的这个瓶盖——瓶盖是被咬开的，上面留下了你嘴唇被划伤的血迹。

李辉混乱的眼神望着高队长。

江婷：还记得第一次你来公安局看张银铃遗体的时候吗？

（闪回）公安局尸检房外

江婷：你对你表姐的状况了解吗？

李辉：（摇头）我们平时见面不多，过节也就打个电话，可能是她男朋友换得比较多，不想叫我知道这些，怕我去跟家里说。

难过的李辉都意识不到自己的嘴唇有被咬破的地方正在淌血。江婷细致地递上纸巾。李辉胡乱地擦了两下。

李辉：我都不记得了……可，这能说明什么？难道嘴唇破了就是杀人犯吗？

刘栋：（一亮手里的检测结果，对李辉）上个礼拜你们单位是做了体检吧？我们提取了你的血样,检查结果,你的血样和啤酒瓶盖儿上的血样出自同一个人。

李辉：不可能！你们骗谁！瓶盖真像你们说的在鱼缸里，上面如果有什么血迹，也早就被水泡掉了，你们骗人！

高队长：今天的鉴证水平远不是你想的那样了！就为你这个验证结果，我们的工作人员这几天的工夫全给搭上了，要不早就把你给逮了！

李辉：……你们不能这样……你们怎么能说是我杀了我姐？我是去过我姐家，也喝过啤酒，可不是那天晚上！你们怎么能凭一个啤酒瓶盖就认定是我杀的人……那是我姐啊！我是她的弟弟，我怎么可能下得了这个手……

江婷看着李辉的右手中指的茧。

江婷：还记得我通知你来公安局签字吗？

（闪回）公安局一办公室

李辉接过江婷的笔，签字。

江婷发现——李辉右手的中指头内侧，有个厚厚的茧。

江婷：念书的时候很用功吧？

李辉：嗯？

江婷：（一指李辉手上的茧）写字写出来的？这茧。

李辉：用功倒不用功，写字太用力吧，使劲没使对地方，我就这么一个笨人。

（闪回）公安局一办公室

李辉走到门口，又停下来对江婷说——

李辉：有任何消息，我是说抓到了凶手，请一定马上通知我。

江婷：好的。

李辉出门。江婷转身朝办公桌走，一边随意地举起李辉的笔录看——逆着太阳光，看着李辉的签名……

阳光下，李辉的签名，笔触极淡！

江婷：——可是我发现，你的笔迹很淡，用笔根本不像你说的那样用力。而且你手指出茧的部位，也不是握笔的部位——

李辉没有反应，听着……

高队长：是这个部位——

高队长随手拿起桌上的一块方方的小橡皮擦，像摸麻将牌一样摸着"牌面"，然后"啪"的一声翻牌扣在桌面上！

李辉微微一震，继而愤怒了——

李辉：你们越说越离谱了！越扯越远！你们存心要

陷害我！为什么？为什么要陷害我？！诬蔑我？！

　　高队长：我们对我们说的每一句话都负责任。

　　刘栋：经过我们调查，了解到因为赌博，你现在至少欠了不下三万的赌债。

　　李辉：……

　　高队长：（举起一张光盘）想看看这个吗？

　　李辉：……

　　高队长：你拿了张银铃的银行卡去自动提款机取钱，银行的规定是，当天密码输入不正确不得超过三次，超过三次就会被吞卡。所以，一天只能试两次，每天两次——这段时间也够你忙的。自动提款机的摄像头都给你拍下来了，要不要看看？

　　高队长举着光盘，刘栋已经在准备接通电视机的电源。

　　李辉望着高队长……突然崩溃——

　　李辉：是我干的！我认了……

　　范小豆、方达、金哲和严丽还是感到意外！

高队长不易察觉地稍稍舒了口气。

李辉：我对不起我姐，我不想杀她的！可我实在是缺钱啊，我不急也不会半夜去找她！

高队长：她不肯帮你？

李辉：（摇头）她先把我骂了一顿，然后，居然拿出银行卡就扔给我，我猜她是喝高了，可我再想问她密码，她就不说了，好像突然酒醒了，非要抢回卡片，我一急、一急——

（闪回）张银铃家

张银铃大骂李辉。

李辉又急又无奈，焦躁地拿起啤酒就咬瓶盖，嘴被划伤。

瓶盖被李辉一吐——掉进了鱼缸！卡到假山背后的犄角旮旯里。

小鲨鱼似乎闻到了什么，立刻机警起来，四处游窜。

李辉哀求张银铃。张银铃拿出银行卡扔给李辉。

李辉纠缠张银铃问密码，张银铃似乎忽然清醒，开始抢夺卡片。

鲨鱼焦躁地四处游窜！

两人抢夺、争执，情急之下，李辉把张银铃按倒在沙发上，拿起靠垫死死闷在张银铃脸上……

李辉痛哭。

江婷把手铐铐上李辉，刘栋也上前，两位警官要把李辉带走。

高队长：……还有一个细节要问你，十二点零六分，张银铃给你打的那个电话是怎么回事？

李辉：是我不小心碰到了我姐的手机……

（闪回）张银铃家

张银铃闷在靠垫下，不再动弹。可李辉的手机突然响！

李辉一惊！随手扔掉靠垫，慌乱地摸自己手机，一看，居然是张银铃打的！李辉慌乱中接通手机，没人说话！李辉四下找，在张银铃的身下发现了她的手机。李辉赶紧挂了自己电话！

高队长缓缓地点头，现在，一切都明白了。

李辉被两位警官带走。

高队长舒了口气，把手中的所谓光盘扔进了垃圾筒。

而范小豆、方达、金哲、严丽则沉默无语……

长途汽车站外　　日　外

热闹的汽车站，来往都是大包、编织袋的农民工。

范小豆戴着帽子，提着行李走着，忽然停了下来，她看到——

一个农村的小女孩席地坐在路边，还借着斗车的小镜子擦擦脸，美一美。

范小豆动情地望看这个小女孩……然后，掏出一个漂亮的 LV 化妆包都塞到了小女孩手里，转身向车站走去。

小女孩打开化妆包，里面居然是各种名牌化妆品，还有一个 CD 的粉饼，打开——

清晰地照出小女孩惊异的小脸蛋……

这是热闹繁杂的汽车站，人来人往，蝼蚁般忙来忙去不知道都忙着什么……

监狱探望室　　日　内

金哲和严丽各自坐在栏杆的两侧，就这么互相望着……

然后，严丽没有表情，起身回监狱。

金哲埋下头，深深地、愧疚地哭了……

忽然，他感到了什么，抬头看——

严丽又回到了他对面，那么站着，望着他，眼里有了心疼的温柔……

——全剧终——

哲学与醉酒（小品）

剧中人：郭科长（外号玖井）（郭）

老赵（郭科长邻居）（赵）

阮老板（广东人）（阮）

阮老板秘书（女，苏小畔）（苏）

阮老板副总（男，戴跃翮）（戴）

阮老板助理（男，洪连担）（洪）

（幕起，赵从左台口上场，穿着文质彬彬，戴近视镜）

赵：哲学嘛，是指导一切的科学。这当中有个十分关键

121

的词儿，叫度……

郭：尚未露面，大喊一声，度……度……我最懂。

（话音未落，郭科长手拿一个瓶子，跟跟跄跄走到赵跟前）

郭：度……度……（指一指手中的瓶子）我……我比你
　　懂……懂……二锅头。5、5、56度……6、6、65
　　度……五粮液……你……你喝……喝得了吗……

（郭说着，朝观众鞠了一个大躬）

赵：（指一指郭的腰）：还挺有礼貌，90度。

郭：90度……好……好酒。

赵：敢情就这么懂度。

郭：什么……什么……哲学不哲学，折腾……不折
　　腾……反正我懂……懂……度。

（郭说着，向台口走去，一个趔趄险些掉到台下）

赵：（连忙扶郭，眼望观众）瞅瞅，这就叫懂度！我看，
　　喝得过度。

郭：别跟我来这套，哲学，管……管不了喝……喝酒。

赵：嘿！人都说，听人劝，吃饱饭，我这邻居，不听劝，

天天喝酒用大碗，离八宝山不太远。

郭：你才离八宝山不远呢！看看（举起手中的瓶子，拿到赵的眼前）这是什么？

赵：哟！虎牌酱油！敢情装醉唬我来了。

郭：跟你开个玩笑。老婆说了，想喝酒，拿个瓶子喝酱油，嘬一下，就记住了。

赵：（望望远处）太阳怎么从西边出来了。

郭：小瞧人，酗酒的日子一去不复返了！

赵：嘿！你是一年到头学好——有除夕（出息）啦。

郭：甭来这套，骂人不带"脏"字。

赵：（面对观众）您不知道，我这位街坊，官儿不大，请的人不少，为喝酒，不老谈事儿，还常闹笑话儿。

郭：嘿！我说大过年的，别揭秃疮巴儿行不行。

赵：我是说您老改得不错嘛！

郭：你才劳改呢！我一不偷二不抢，凭什么劳改呀！

赵：我是说您不酗酒了，替我们嫂子高兴。

郭：这还差不多。

赵：这还不行。

郭：（瞪眼）怎么着，改了还不行，非判我几年？

赵：你以为我没被拘留过呀！

郭：你这个人真没劲，哪壶不开提哪壶，那不都是过去的事吗？

赵：玖井先生，您别误会……

郭：又来了，我怎么这么倒霉呀，非跟你当邻居。把我的日本绰号都暴露了，这要是在"文革"那时，非把我当汉奸判了不可。

赵：跟你直说吧！今天请你来，就是想当着大伙的面，请你当个反面教员。

郭：得！赵老弟，您饶了我吧！明天我就搬家。

赵：自从你当上科长，酒是越喝越凶，怨不得好些人都说你"凶"酒呢！

郭：那是酗酒。我也识文断字，你干脆说让我干什么吧！

赵：眼看快过节了，我呢，是想让你"闪回"一下。

郭：等等！"闪回"怎么个意思，跟闪腰是怎么个关系，你要是搞伤害，我可到公安局告你去。

赵：咳！电影电视剧的名词都不懂！这是请您把从前喝
多的事重新表演一下。(面对观众)大家同意不同意。

观众：同意。

郭：不同意！

赵：有劳务费！

郭：(瞪大眼睛)什么规格？祖英的、阿敏的、刘欢的、
腾格尔的。算了，随便挑一个。

赵：个子不高价码还不低。

郭：得，我让让步，随便找个就是了，减半，还不行嘛！

赵：散场后，我请您吃夜宵。

郭：开个玩笑。说吧，怎么"闪腰"。

赵：闪回！

郭：甭管闪什么了。

赵：我演大老板，你就演你这个科长吧！

郭：行！咱们化化妆。

(二人回后台化妆)

（赵从右台口出，一副大老板派头，一口粤语。以下称阮）

（郭从左台口出）

（台上布景变为醉香大酒楼的一角，桌上美味佳酿）

阮：玖井科长，你好啦！麻烦你来吃吃喝喝啦！

郭：（指一指酒桌旁坐着的两男一女）他是谁？

阮：我来为你介绍一下啦。先介绍女士啦！这位是我的

　　秘书啦！

　　苏小畔啦！这位姓洪啦，我的副总啦，叫洪连担啦！

　　这位姓戴，我的助理啦，叫戴跃翩啦！

郭：（面对观众）梳小辫的、红脸蛋的、带药片的，好厉

　　害呀！

阮：我们公司的批文……

郭：明天明天说工作。

阮：请坐请坐，吃吃喝喝啦！

郭：请大家一起入座。

阮：（举杯）听说玖科长当过大学教授啦！我先和教授喝

　　一杯啦！干！

郭：（微微一笑）早先的事，早先的事。

（边说边干一杯）

阮：倒满倒满。

苏：听说你的公子好聪明哟！为聪明的公子干一杯啦！

郭：两眼直勾勾盯着苏秘书，仰脖灌下。

洪：听说你的太太好漂亮好漂亮哟！来，为你的太太好
　　漂亮干一杯！

郭：哪里哪里，哪有苏秘书漂亮！

苏：谢谢！谢谢！

（郭和洪碰杯，眼睛却色迷迷地看着苏）

阮：倒满倒满，酒不满心不诚嘛！

戴：听说你最近就要提拔处长啦，听说能喝三两喝一斤，
　　保管能重用。未来，为玖井处长荣升干杯。

郭：满面春风，带着响儿把酒干掉。

阮：吃菜吃菜。（给郭夹菜）玖科长真是海量。

郭：哪里哪里，我……我……

阮：我代表董事会敬你一杯。

郭：我……董……董……（又干一杯）

（苏、洪、戴纷纷举杯）

戴：来，我们三个代表公司为和你加深印象，增进友谊干一杯。

郭：我……我……我……喝

（喝完硬撑着往后台走）

苏：我来挽你啦！

郭：我……方便，你……你……不能……

（戴、洪过来挽）

郭：不用，我……没……没喝多少。我玖井……是……是盛……盛酒的井。

（不一会儿，郭又回到酒桌上）

阮：来来，喝杯茶。

郭：你们说说，这酒楼怎么，这……这……这么有……特……特色，人家的洗手间，都都他妈不叫1……1……1号，他……他们叫……6……不……999……号。

阮：你到哪儿方便啦！

郭：（打断阮答非所问，兴奋地）阮……阮……阮老板，你看……看……看人家，这生……生意……多……多火，洗手间里都……都……摆……摆一……一桌。

（阮瞪大眼睛，苏、洪、戴一起瞪大眼睛看着郭）

苏：哟！丑死啦！玖科长到人家包间方便方便啦！

（布景恢复原状）

赵：笑话闹得够大的。

郭：您甭说，得亏我和那家酒楼老板特熟，要不，非拿我当流氓抓起来不可。

赵：您歇歇，喝口水，再"闪回"一次。

郭：多丢人！还"闪回"！

赵：教育别人，也可以加强自我教育嘛！

郭：明天午饭也得管吧！

赵：那当然，只管饭，不管酒，要不，又去 999 号包间方便去了。

（转场，布景，德兴大酒楼）

（玖井科长在德兴大酒楼请客）

（酒楼包间内，一桌人就餐）

玖井：据同志们说，领导要提我当处长，今天，我请客，

　　　先和大家连干三杯。

（三杯过后，整个酒桌躁动起来，人们纷纷向玖科长，

未来的玖处长敬酒）

玖井：（醉醺醺地）我方便方便去。

（自言自语，酒桌上的人仿佛没听见）

（玖井并没有去方便，而是朝酒楼外走去了）

玖井：（走出饭店大门，到处边找边唠叨）我的车呢？算了。

（望一望大街）的哥！

的哥：您去哪儿？

玖井：德兴大酒楼。

的哥：（惊讶地）这不就是……

玖井：什么，怕不给钱？（从衣袋中取出百元大钞啪地

　　　一下拍到手上）

（的哥无奈，只好在街上转了个圈把他又送回到德兴大

酒楼）

（玖井踉踉跄跄地上了楼，径直走进刚才喝酒的房间）

玖井：哥儿们！哎，刚才我在另一家饭店，请同事吃饭，
　　　他……他……他们真不够……够意思，挨着个儿
　　　的灌……灌我，瞧我当处长以后怎么收拾他们那
　　　些兔崽子。嘿嘿，他们以为我用自己的钱请……
　　　请客，回去我就报销。还是……是……哥儿们一
　　　块喝酒好，哎，对了，我来晚了，自己罚两杯。

（说着，玖井把满两杯酒仰脖儿咕咚咕咚地灌进嘴里）

（暗转，光打在赵、郭身上）

赵：好一个德兴大酒楼，瞧这份德行。

郭：那不是过去了吗？

赵：知道那天是怎么回家的吗？

郭：开车，那天我开着车呢！

赵：知道谁给你送回家的吗？

郭：街坊金爱民，他在交管局执法大队。嘿嘿，您说怎
　　么这么巧，都是邻居，你到处败坏我的名誉，人家
　　爱民救我出牢笼。

赵：你说说那天到底怎么回事。

郭：还是你帮忙，咱俩"闪回"那天晚上发生的事儿吧。

（两人回后台化妆）

（暗转，交管局，几条大条椅上，身子七倒八歪地半躺半坐着几名酒鬼）

玖井：这……这是……什么地儿？医院，不像……拘留所……不像……

三子：大叔，您的车已经报废了！

玖井：瞎说！我是坐飞机来……来的，汽车……还……还在饭店喝……喝酒呢！

三子：郭大叔，喝杯茶，一会儿我给您送回家去……

玖井：我不回去，这儿就挺好，省得老……老……老婆叨叨唠唠的，烦死人了。

三子：我们中队选了几个脾气好的人，每人负责给一个人醒酒，谁让咱俩是街坊呢，我可以把你带回家去醒酒。

（暗转，郭科长家，有人在敲门）

玖井妻：还回来干吗，整天不着家，和酒瓶子一起睡吧！

爱民：大婶，我是三子，我送大叔回来的。

玖井妻：你干脆办个送酒鬼专业户结了。

爱民：您快开门呀！我明天还上早班。

（玖井妻把门打开）

（三子寒暄了几句便离去）

（玖井回自己屋里，躺在床上。玖井妻送来一杯茶，转身回自己屋里睡觉了）

（玖井在床上翻"烙饼"，突然，他摸黑起来，口干舌燥。玖井打开冰箱，拿起可乐瓶子咕咚咕咚喝完又睡着了）

（天亮了）

玖井：（打着哈欠，对进屋的老婆）老婆，你怎么不把冰箱修好，昨儿夜里，我喝的橘汁一点儿也不凉。

玖井妻：（哈哈大笑）哪儿还有橘汁？（拿起塑料瓶闻了闻）哎哟，我的郭科长，怕是您前天喝多了撒的尿……

（暗转，郭、赵出现在台上）

赵：你总说你懂度，就是喝酒老过度。

郭：教训实在太深刻。

赵：你看看，这演播厅，到处都有度，灯，有没有度？

郭：有。

赵：天气有没有温度。

郭：有。

赵：热了

郭：开空调

赵：冷了

郭：开暖气

赵：你再看看，这墙，有没有光洁度。

郭：有。

赵：你看这酒，拿在手上，有没有度？

郭：有，眼睛又发光地盯着酒瓶。

赵：过年了，咱俩散场喝一杯去。

郭：还喝呀，明天，你还不得让我闪四回呀。

赵：少喝，无酒不成席嘛。

郭：嘿，我还忘这茬了，我也不能白闪回呀。

（说完二人一起下台，喝酒去了）

第二辑

歌词·诗歌

多 彩 人 生

男女声重唱、伴唱

1=F 4/4

仲 白 词
龚耀年 曲

♩=126 热情、洒脱

（65 45 60 41 | 54 34 50 31 | 5 55 54 32 | 1 - 13 4#4）

男 5 3 53 2 | 1 - - 23 | 2 6

1.你 说 人生光 彩， 鲜 花
2.你 说 人生自 豪， 儿 女

伴 0 0 0 0 | 0 0 5.565 | 0 0
0 0 0 0 | 0 0 3.343 | 0 0

1.人生光彩，
2.人生自豪，

女 1 6 56 5 | 4 - - 3 | 2.2

我 说 鲜花盛 开， 是用辛勤汗水 灌 溉。
我 说 天阔地 宽， 人才辈出相传 代 代。

伴 0 0 0 0 | 0 0 6.654 | 0 0 0 0 | 0 5 4 2 |
0 0 0 0 | 0 0 4.432 | 0 0 0 0 | 0 7 1 2 |

鲜花盛开， 啊
天阔地宽， 啊

男 5 3 53 2 | 1 - - 23 | 5 1 43 4 | 6 - - 0 |

我 说 人生美 丽， 是对生活热 爱，
我 说 人生潇 洒， 青春活力常 在，

伴 0 0 0 0 | 0 0 5.565 | 0 0 0 0 | 0 0 6.654 |
0 0 0 0 | 0 0 3.343 | 0 0 0 0 | 0 0 4.432 |

人生美丽， 生活热爱，
活力常在，

女 ‖ $\dot{7}$ $\dot{1}$ 2 6 5 6 | $\underline{4}$ 0 3 2 5 - | $\underline{5}$ 5 5 5 4 3 2 | 1 - - - |

我　说大爱　入　心，烦恼忧愁飞向天　外。
我　说不舍　追　求，多彩人生永不言　败。

伴 ‖ 0 0 0 0 | 0 0 0 0 | 0 0 0 0 | 0 3 4 5 |
　　0 0 0 0 | 0 0 0 0 | 0 0 0 0 | 0 1 2 3 |

　　　　　　　　　　　　　　　　　　　　　　啊
　　　　　　　　　　　　　　　　　　　　　　啊

女 ‖ 1 6 6 4. | 1 5 5 3. | $\underline{4}$. 4 4 4 4 3 2 | 5 - - - |

人生光彩，人生美丽，鲜花遍地盛　　开，
人生自豪，人生潇洒，青春活力常　　在，

男 ‖ 1 4 4 1. | 1 3 3 1. | $\underline{2}$. 2 2 6 2 1 7 | $\dot{2}$ - - - |

伴 { 6 0 0 0 | 0 0 0 0 | 0 0 0 0 | 0 0 0 0 |
　　4 0 0 0 | 0 0 0 0 | 0 0 0 0 | 0 0 0 0 |

女 ‖ 1 6 6 4. | 1 5 5 3. | $\underline{5}$ 5 5 5 4 3 2 | 1 - - - ‖

热爱生活，善待朋友，心中鲜花永远盛　开。
理想目标，不舍追求，多彩人生永不言　败。

男 ‖ 1 4 4 1. | 1 3 3 1. | $\underline{5}$ 5 3 3 2 6 7 | 1 - - - ‖

结束句　rit.

女 ‖ 5 5 4 5. | 6 6 5 6 | $\dot{1}$ - - | $\dot{1}$ - 0 ‖

多彩人生　永不言　败。

男 ‖ 3 3 2 1. | 4 2 5 4 | 3 - - | 3 - 0 ‖

138

牵 挂

男高音独唱

仲 白 词
龚耀年 曲

1=♭B 4/4

行板 深情地

(5 3̣ 3̣ i̇ 2 6̇. | 6̇ 7̇ 2̇ i̇ 6̇ 7 5̇. | i̇ 6̇ 6̇ 5̇ 4̇ 3̇ 5 | 5̇ 3̇ 3̇ 2̇ 1 —

1) i̇ 5̇ 6̇ i̇ 7̇ 5̇ | 5̇ 6̇ 3̇ 4̇ 5̇. 6̇ 5̇ | 5̇ (3̇ i̇ 5̇) 6̇ 5̇ 4̇ i̇ | 1̇ 4̇ 3̇ 2̇ 1̇ 3̇. 2̇ 2̇ |
　海 外游子 多 么想念家，　　兄弟姐妹 一起看望妈　妈。

0 5̇ 6̇ i̇ 7̇. 6̇ 5̇ | 5̇ 3̇ 2̇ 1̇ 4̇. 5̇ 6̇ | 6̇ 6̇ 7̇ i̇ 2̇ 2̇ 3̇ | 2̇ i̇ 7̇ 6̇ 2̇ 6̇ 7̇ | 5 — — 0 |
妈妈用黄河水， 为儿女洗 尘， 妈妈用长城为 儿女把心 桥 架。

3̇ 5̇ i̇ 3̇ 3̇ 4̇ 3̇ 2̇ | i̇ i̇ 2̇ 3̇ i̇ 5 — | 6̇ 7̇ i̇ 7̇ 6̇ 5̇ 1̇ 3̇ | 4̇ 4̇ 3̇ 2̇ 3̇ 1̇ 2 — |
你 肩挂着英吉利 海峡的浪 花， 我 身披着美利坚 绚丽的晚 霞，

5̇ 4̇ 3̇ 4̇ 5̇ 6̇ 6̇ 7 | 6̇ 6̇ 6̇ 7̇ i̇ 2 — | 5̇ 3̇ 3̇ i̇ 2̇ 2̇ 6 |
他 脚沾着富士山 友邦的沃 土， 路途遥 风浪大，

0 7̇ 7̇ 6̇ 5̇ 4̇ 4̇ 3̇ i̇ i̇ | 2̇ 3̇ 4̇ 5 — | i̇ 6̇ 6̇ 5̇ 4̇ i̇ 6̇ | 5̇ 4̇ 3̇ 4̇ 5 — |
阻挡不了归心似箭的你我 他。 海外游子回 来孝敬妈 妈，

6̇ 4̇ 4̇ 2̇ 6̇ 5̇ 4̇ | 3̇ 2̇ i̇ 2̇ 3 — | 5̇. 6̇ 5̇ 4̇ 3̇ i̇ | 2̇. 3̇ 4̇ 3̇ 2̇ 6. |
珍珠玛瑙妈妈 都不稀罕它。 品一品母亲 额头上的汗渍，

5̇ 5̇ 4̇ 3̇ 2. | 7̇ 5̇ 2̇ 4̇ 4̇ 3̇ 2̇ i̇ 2̇ | 3 — — — |
吻一 吻妈妈 充满眼角的泪 花。

i̇ 6̇ 6̇ 5̇ 4̇ i̇ 6̇ | 5̇ 4̇ 3̇ 4̇ 5 — | 4̇ 3̇ 2̇ 3̇ 6. | 7̇ i̇ 2̇ 5̇ 5̇ 2̇ 4̇ 3̇ 2̇ |
海 外的儿女们 日夜盼回家， 家里的妈妈 朝朝暮暮把儿女牵

i̇ — — | 6̇ 5̇ 4̇ 2̇ 5̇ 3̇ 2̇ | i̇ — — | i̇ — — 0 ‖
挂，　　把儿女日夜牵 挂。

139

元　宝　猪

仲 白 词
潘振声 曲

1=A 2/4

$(\underline{5}\dot{5}\dot{5}\dot{5} \dot{3}\dot{3} \mid \dot{1}\dot{1}\dot{1}\dot{1} 5\underline{5} \mid 3\dot{1} 5\dot{1} \mid 3 \dot{5} \cdot \mid \underline{\dot{3}} \dot{1} \underline{5} \dot{1} \mid \dot{3} \dot{1} \cdot)$

$\dot{1} 3 \dot{1} 3 \mid \dot{1} \underline{3} 4 5 \mid \dot{1} \dot{1} 7 \dot{1} 7 6 \mid 5 \quad -$

1.小　猪　小　猪　像　元　宝，　像　呀　像　元　宝，
2.小　猪　小　猪　像　元　宝，　像　呀　像　元　宝，

$4 4 4 6 \mid 5 \underline{5} 4 3 \mid 5 5 4 5 4 3 \mid 2 \quad -$

身　上　藏　着　百　样　宝，　藏　着　百　样　宝。
从　小　不　把　食　物　挑，　不　把　食　物　挑。

$3 \underline{3} 4 5 \mid \dot{1} \dot{1} \dot{1} 2 \dot{3} \mid \dot{2} \dot{2} \dot{1} 7 \mid \dot{1} 7 6 \mid 7 \cdot \underline{2} 2 5 6 \mid 7 7 7 7 ↘$

猪　皮　鞋　猪　皮　帽　餐　桌　猪　肉　不　可　少，　哟　哟　哟　哟　哟　哟　哟
吃　瓜　果　吃　粮　草　看　你　会　找　不　会　找，　哟　哟　哟　哟　哟　哟　哟

1.
$6 6 7 5 \mid \dot{1} \quad - \quad :$

不　呀　不　可　少。

2.
$6 6 \cdot \mid 7 6 5 \mid \dot{1} \quad - \mid \dot{1} \quad 0 \quad$

会　找　不　会　找。

小 松 鼠

仲 白 词
潘振声 曲

1 = C 2/4

```
(3̇ i 5432 | 1 5 i 0 | 3̇ i 5432 | 1 5 i 0 | 7 7 7 7 | 7 7 7 6 |

5 5 6 7 | 1 5 i 0) | 5 i i 34 | 5 6 5 | i i 7 i 7 6 | 5 - |
                        小松鼠呀  真漂亮,  真呀真漂 亮,

4 6 6 6 i | 5 4 3 2 | 5 5 4 5 4 3 | 2 - | 3 5 3 1 | 3 5 3 1 |
吃松果呀  特别 香,  特呀特别 香。    小松鼠   尾巴长,

4 1 4 5 | 6 6 6 0 | X  X | X X X | 5 3 5 i | 2̇ 2̇ 2̇ |
跑得快   跳得棒。  哟 哟  哟哟哟  松鼠松鼠  真可爱,

5 3 5 i | 2̇ 2̇ 2̇ ‖: 7 7 7 7 | 7 7 7 6 | 5 5 6 7 | i - :‖
松鼠松鼠  真可爱,     松树林里  是故乡,  是呀是故 乡。
```

护　航

男声独唱

仲　白　词
龚耀年　曲

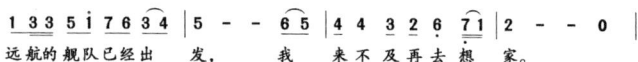

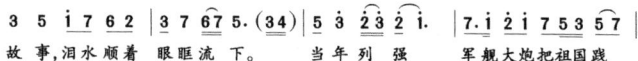

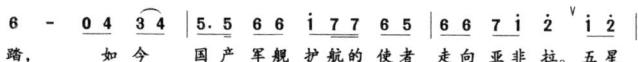

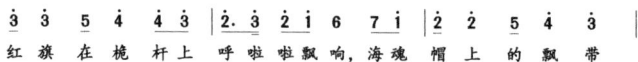

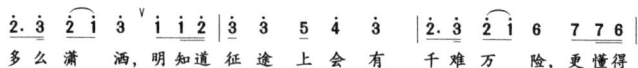

1=D 4/4

中速 庄严神圣地

（5̲1̲ 3̲6̲ 5.̣ i̲ | 7̲3̲ 5̲7̲ 6 - | 6̲1̲ 4̲6̲ i̲7̲ 1̲ i̲ | 2̲ - 2̲i̲ 7̲6̲ | 5̲4̲.̣ 4̲3̲ 2 ）|

1̲ 3̲3̲ 5̲ i̲7̲ 6̲3̲ 4̲ | 5 - - 6̲5̲ | 4̲4̲ 3̲2̲ 6.̣ 7̲1̲ | 2 - - 0 |
远航的 舰队已 经出 发，　我 来不及再去想 家。

3̲5̲ 3̲5̲ 7̲6̲ 6̲5̲ | 6̲5̲ 3̲ 0̲2̲ 2̲3̲ | 4̲4̲ 5̲3̲ 2̲3̲ 2̲1̲ | 1 - 1（5̲6̲7̲ 1̲2̲3̲4̲）|
祖国已经渐渐远去 远 去，这一刻 才明白祖国的强 大。

5̲3̲ 2̲3̲ 2̲ i.̣ | 7.̣ i̲2̲ i̲7̲ 5̲3̲ 5̲7̲ | 6 - 0̲4̲ 3̲4̲ | 5̲ 6̲ 5̲4̲ 3̲2̲2̲ |
我生在 海边，从小亲吻浪花 玩 耍，　听爷爷 讲过北洋水师的

3̲ 5̲ i̲7̲ 6̲2̲ | 3̲7̲ 6̲7̲ 5.̣ （3̲4̲）| 5̲3̲ 2̲3̲ 2̲ i.̣ | 7.̣ i̲2̲ i̲7̲ 5̲3̲ 5̲7̲ |
故 事，泪水顺着 眼眶流 下。　当年列 强　军舰大炮把祖国践

6 - 0̲4̲ 3̲4̲ | 5.̣ 5̲6̲ 6̲ i̲7̲ | 7̲6̲ 5̲ 6̲6̲ 7̲ i̲ 2̲ˇ i̲2̲ |
踏，　如今 国产军舰护航的 使者 走向亚非拉。五星

3̣̇ 3̲ 5̲ 4̲ 4̲3̲ | 2.̣ 3̲ 2̲i̲ 6̲ 7̲i̲ | 2̲ 2̲ 5̲ 4̲ 3̲ |
红旗在 桅杆上 呼啦啦飘响，海魂帽上的 飘 带

2.̣ 3̲ 2̲i̲ 3̲ˇ i̲i̲ 2̲ | 3̲ 3̲ 5̲ 4̲ 3̲ | 2.̣ 3̲ 2̲i̲ 6̲ 7̲7̲6̲ |
多么潇 洒，明知道征途上会有 千难万 险，更懂得

5̲ 5̲ i̲3̲ 3̲ 5̲ 5.̣ | 4̲ 3̲ 2̲ 5.̣ | 7̲ 2̲2̲ 5̲ - | 5 - - 0 ‖
没有强大的祖国，　哪有幸福 安宁的 家。

小 蟋 蟀

1=C 2/4

仲 白 词
潘振声 曲

(3 3 3 3 | 3 - | i i i i | 5 - | 5 3 i 5 | 5 3 i 5 | 2 5 3 5 | i -)|

5 5 5 5 | 3 4 5 | i i i 7 | 7 6 5 | 4 4 4 4 | 4 5 6 i |
蟋蟀蟋蟀 小蟋蟀， 不讲团结 真不该。 蟋蟀蟋蟀 爱打架，

5 4 3 2 | 1 1 1 | i i i 7 | 6 - | 7 7 6 5 | 5 - |
我把蟋蟀 给分开。 蟋蟀蟋蟀 小小蟋 蟀，

4 4 4 6 | 5 4 3 | 5 4 3 | 2 - | i i i 7 | 6 - |
不讲团结真不该 真不 该。 小小蟋 蟀

7 7 6 | 5 - | 4 4 4 6 | 5 4 3 | 5 6 7 | i 0 ||
爱打 架， 我把蟋蟀 给分开 给分 开。

143

爱 情 风 筝

1=E 3/4

♩=158 轻快地

仲 白 词
李 刚 曲

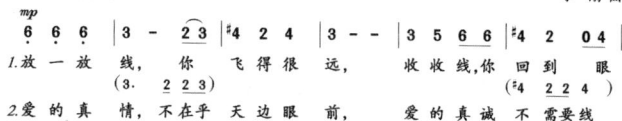

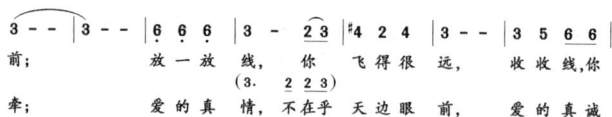

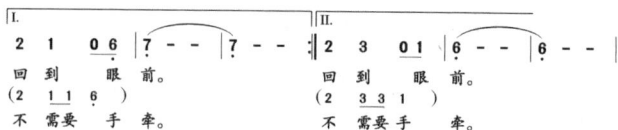

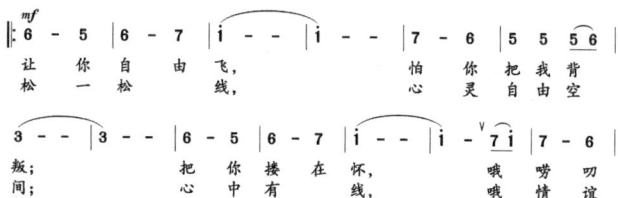

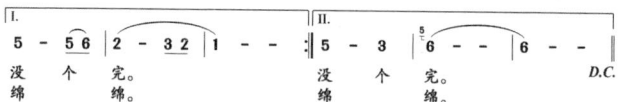

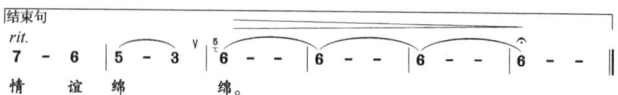

144

无 法 飞 去

仲 白 词
李 刚 曲

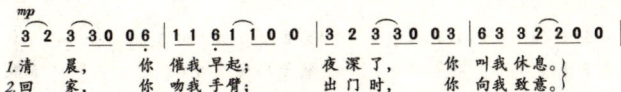

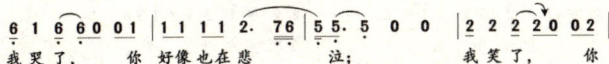

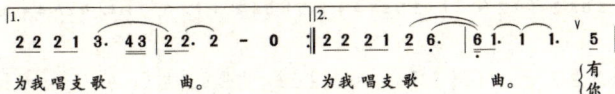

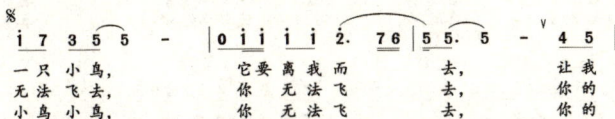

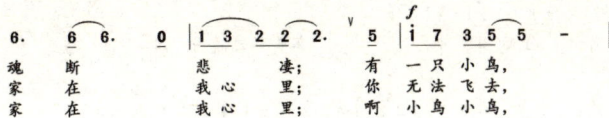

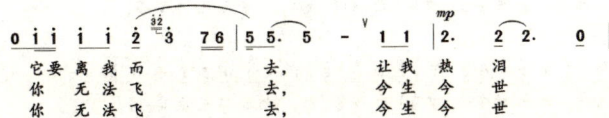

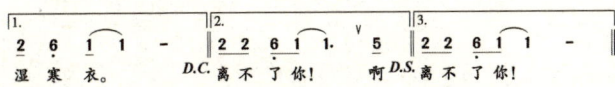

1 = ♭E 4/4
♩ = 70 - 72

mp

```
3 2  3 3 0 0 6 | 1 1 6 1 1 0 0 | 3 2  3 3 0 0 3 | 6 3 3 2 2 0 0 |
```
1.清 晨， 你 催 我 早起；   夜 深 了，   你 叫 我 休息。
2.回 家， 你 吻 我 手臂；   出 门 时，   你 向 我 致意。

```
6 1  6 6 0 0 1 | 1 1 1 1 2. 7 6 | 5 5. 5 0 0 | 2 2 2 0 0 2 |
```
我 哭 了， 你 好 像 也 在 悲   泣；   我 笑 了， 你

[1.]
```
2 2 2 1 3. 4 3 | 2 2. 2 - 0 ‖
```
为 我 唱 支 歌   曲。

[2.]
```
2 2 2 1 2 6. | 6 1 1 1. | 5
```
为 我 唱 支 歌   曲。   有
你

𝄋
```
i 7 3 5 5 - | 0 i i i i 2. 7 6 | 5 5. 5 - 4 5 |
```
一 只 小 鸟，   它 要 离 我 而   去，   让 我
无 法 飞 去，   你 无 法 飞   去，   你 的
小 鸟 小 鸟，   你 无 法 飞   去，   你 的

```
6. 6 6. 0 | 1 3 2 2. 5 | i 7 3 5 5 - |
```
魂 断   悲 凄；   有 一 只 小 鸟，
家 在   我 心 里；   你 无 法 飞 去，
家 在   我 心 里；   啊 小 鸟 小 鸟，

f

```
0 i i i i 2 3 7 6 | 5 5. 5 - 1 1 | 2. 2 2 0 |
```
它 要 离 我 而   去，   让 我 热 泪
你 无 法 飞   去，   今 生 今 世
你 无 法 飞   去，   今 生 今 世

mp

[1.]
```
2 6 1 1 - ‖
```
湿 寒 衣。

[2.]
```
2 2 6 1 1. | 5 ‖
```
D.C. 离 不 了 你！ 啊

[3.]
```
2 2 6 1 1 - ‖
```
D.S. 离 不 了 你！

145

喜　歌

仲　白词
浮　克曲

1 = D 4/4

```
1 5 1 - - | 1 4 5 - - | 2 2 2 5 5 1 6 5 | 5 - - 5 1 |
喜字多      喜事多，      放开喉咙唱喜歌，      喜歌

2 - 2 5 2 3 2 1 | 2 1 6 6 - - | 2 2 6 1 2 1 2 1 6 5 | 5 - - - |
飞  向长城头，      喜歌流进母亲 河。

( 5 5 6 2 1 1 2 5 | 1 1 1 2 5 6 5 4 4 5 | 5 5 6 2 1 1 2 5 | 1 1 2 5 6 5 4 4 5 )

‖: 1 5 1 - - | 1 4 5 - - | 2 2 2 5 5 1 6 5 | 5 - - 5 1 |
1.喜字多      喜事多，      放开 喉咙唱喜歌，      喜歌
2.喜事多      喜歌多，      五十六个民族唱喜歌，    喜歌

2 - 2 2 2 1 6 5 | 6 - - - | 2 2 6 1 2 1 2 1 6 5 | 5 - - - :‖
飞  向长城 头，      喜歌流进母亲河。
( 2 - 2 5 2 3 2 1 | 2 1 6 6 - - )
飞  向百姓 家，      喜歌唱进全中 国。

5 1 2 2 2 1 6 5 | 5 1 2 2 1 1 2 2 | 5 1 1 2 5 1 2 | 2 - - - |
一首喜歌 哎呀啰哎，唱喜 歌哎呀 啰，小康路上喜事多，

5 1 2 2 2 1 6 5 | 5 1 2 2 1 1 2 2 | 5 1 1 2 7 6 5 | 5 - - - ‖
唱喜 歌哎呀啰哎，唱喜 歌哎呀 啰，大路越走越宽 阔。
```

银 发 金 曲

仲 白 词
钟立民 曲

1=♭B 4/4
深情、亲切地

(3̇ 3 7 6 5 3 5 | 6 i 7 6 5 - | 7 7 6 3 5 2 6̇ | i - - 0)

6 6 6 5 3 3 2 | i. 7 2 2 - | i 7 2 3 2 i | i. 7 2 6 -

1. 人说 金银 最珍贵，银发 金 曲惹人醉，
2. 满头 银发 似雪飞，金曲一唱 青春归，
3. 假如 人生 有轮回，再唱 一 遍不觉累，

2̇. 3̇ 2̇ i | 5. i 7 6 5 | i. 6 5 i 4 3 5 6

延 安唱 到 北 京城，金曲越唱越 清
想 起窑洞 纺 线线，想起雪中保边
金 曲就是 我 生命，日日夜夜总 相

1.3.   2.
2 - - 0 : 2 - - 0 2̇ - - 2 3 2 | i. 7 6 5 -

脆。   隆。   哎   哎
随。

i. i 2 3 2 i | i 7 6 7 3 - | 5. 6 7 2 | 2̇ i 7 5 6 -

银发 金曲 飞南北，万里江山 更娇媚，

i. i 2 3 2 i | i 7 6 2 5 - | 5. 6 7 3 | 3̇ 2̇ i 2 3 5 -

太平盛世 唱金曲，歌唱人民 生活美。

(5. 5 5 5 | 6̇. 6 5 3 2 i | 0 7 | 6̇ i 2 3 5. 6 | i - - 0)

D.S.

结束句
5. 5 4 3 | 2̇. 3 2 i 6 | i 6 5 5 5 - | 4 3 2 i 2̇ - | 2 - - 0

金曲就是 我 生命，日日夜夜 总 相 随。

147

绿 蝈 蝈

仲 白 词
潘振声 曲

1 = ♭B 2/4

$(\dot{5}\,\dot{5}\,\dot{5}\,\dot{5}\mid \dot{3}\,\dot{3}\,\dot{3}\,\dot{3}\mid \dot{1}\,\dot{1}\,\dot{1}\,\dot{3}\mid 5\,6\,5\,0\mid \dot{5}\,\dot{5}\,\dot{5}\,\dot{5}\mid \dot{3}\,\dot{3}\,\dot{3}\,\dot{3}\mid \dot{1}\,5\,3\,5\mid \dot{1}\,0\,)\mid$

$\dot{1}\,3\,\dot{1}\,3\mid\dot{1}\,\dot{1}\,5\,3\mid5\,3\,5\,3\mid\dot{2}\,-\mid\dot{1}\,3\,\dot{1}\,3\mid\dot{1}\,\dot{1}\,5\,3\mid$

我家有只 小蝈蝈， 有只小蝈蝈， 身子绿绿 爱唱歌，

$5\,3\,5\,\dot{2}\mid\dot{1}\,-\mid\dot{1}\,6\,\dot{1}\,6\mid4\,4\,1\mid4\,1\,\dot{1}\,5\mid6\,6\,0\mid$

爱呀爱唱 歌。 春夏秋冬 闲不着， 闲呀闲不 着哎，

$\dot{1}\,6\,\dot{1}\,6\mid4\,4\,1\mid4\,1\,\dot{1}\,6\mid5\,5\,0\mid3\,5\,5\,3\mid1\,3\,5\mid$

翅膀薄薄 磨不破， 磨呀磨不 破哎。 小蝈蝈 小蝈蝈

$3\,5\,\dot{1}\,\dot{2}\mid\dot{3}\,-\parallel:\dot{2}\,\dot{2}\,\dot{2}\,\dot{2}\mid\dot{2}\,\dot{2}\,\dot{2}\,\dot{3}\mid5\,0\,5\,0\mid\dot{1}\,-\parallel$

小 蝈蝈， 翅膀薄薄 磨不破 磨 不 破。

善 良 羊

仲 白 词
潘振声 曲

1=A 2/4

(2̇ 2̇ | 2̇ 2̇ | 6 2̇ 4 3̇ | 2̇ - | 6 7 6 5 | 4 4 | 5 5 4 3 | 2 -)|

2̇ 3̇ 1̇ | 6 6 3 6 | 2̇ 3̇ 1̇ | 6 - | 2̇ 2̇ 2̇ 2̇ | 5 6 1̇ 7 |

1.春 凤 吹 啰 草 儿 绿， 善 良 小 羊 把 头
2.手 儿 脏 了 要 常 洗， 好 好 学 习 别 调
3.小 羊 咩 咩 望 着 我， 我 用 小 手 握 握 小 羊

6 - | 6 0 | 2 6 1̇ | 5 5 | 2 2 6 1̇ | 5 5 0 |

低 吧。 小 羊 吃 奶 眼 望 妈 妈 呀， 呀，
皮 吧。 要 学 小 羊 好 呀 好 脾 气 呀，
蹄 吧。 我 和 小 羊 好 是 好 朋 友，

5 5 4 5 | 6 6 2̇ | 5 6 5 | 4 3 0 | 2 2 | 2 0 ‖

妈 妈 的 话 儿 要 牢 记 牢 记 牢 牢 记。
祖 国 人 民 需 要 学 习 你。 需 要 学 习。
从 小 善 良 爱 学 爱 学

149

小　白　兔

1=C　2/4

仲　白　词
潘振声　曲

```
(5 5 i 5 3 | 5 5 i 5 3 | 5．4 3 1 | 2 2 2 0 | 5 5 i 5 3 | 5 5 i 5 3 |

5．4 3 2 | 1 1 1 0) 5 5 i 5 3 | 1 1 1 | 6 4 i 6 | 5 - | (5 5 5 0) |
```

　　　　　　　　　　　　1.小白兔　　白又白　白又白，
　　　　　　　　　　　　2.小朋友　　乖又乖　乖又乖，

```
5 5 i 5 3 | 1 1 1 | 4 5 4 3 | 2 - | (2 2 2 0) | 3 3 1 | i i 6 |
```

蹦蹦　跳跳　真可爱　真可　爱。　　　　　　(喊)伸伸腿，弯弯腰，
唱歌　跳舞　把手拍　把手　拍。　　　　　　(喊)一　二　三　四

```
4 1 4 5 | 6 - | 5．i 5 3 | 5．i 5 3 | 5．4 3 2 | 1 - ‖
```

伸腿　又弯　腰，　　长大才能　跑得快呀　跑呀跑得　快。
五　六　七，　(唱)我和小兔　跳起来呀　跳呀跳起　来。

勇 敢 虎

仲 白 词
潘振声 曲

1 = F 2/4

```
(5  30 | 5  30 | 4543 | 2 — | 5353 | 5  30 |

5567 | 1 — ) | 1116 | 5  0 | 1116 | 5  0 |
```

1. 一二三四五，   一二三四五，
2. 一二三四五，   一二三四五，
3. 一二三四五，   一二三四五，

```
5555 | 5431 | 2 23 | 2  0 | 4445 | 6  6 |
```

我的小名叫小虎   叫 小   虎。   六七八九十   哎
最勇敢的是老虎   是老   虎。   六七八九十   哎
最顽强的是老虎   是老   虎。   六七八九十   哎

```
5554 | 3  0 | 2222 | 7567 | 1010 | 1  0 |
```

六七八九十，   困难自己能克服   能克   服。
六七八九十，   珍贵动物要保护   要保   护。
六七八九十，   学习学习要刻苦   要刻   苦。

151

小 毛 驴

仲 白 词
潘振声 曲

1=F 2/4

(5 5 5 5 | 5 6 5 6 5 | 4 4 3 2 1 | 2 3 2 0 | 1 1 6 1 |

2 5 2 5 | 1 2 1 6 5 | 5   5) | 2 2 2 2 | 2   5 |

1. 我 家 住 在 大 山
2. 小 毛 驴 呀 小 毛

2. 3 2 1 | 6 5 0 | 4 4 4 4 | 3 2 1 | 3 2 6 | 2 6 2 0 |
里 哟 嗬， 山 路 弯 弯 又 曲 曲 哎 罗 喂 罗 喂
驴 哟 嗬， 每 天 驮 我 去 学 习 哎 罗 喂 罗 喂，

2 2 2 2 | 2 5 | 2. 3 2 1 | 6 5 0 | 1 1 6 1 | 2 5 6 |
上 山 下 山 没 有 车 哟 嗬， 全 靠 一 头 小 毛
长 大 我 要 去 北 京 哟 嗬， 给 你 带 回 好 吃

5 5 6 6 | 5 0 | 5. 6 5 3 | 5 2. | 3. 5 6 1 | 3 2. |
驴 哟 得 儿 喂， 哟 哟 罗 喂， 哟 哟 罗 喂，
的 哟 得 儿 喂， 哟 哟 罗 喂， 哟 哟 罗 喂，

2 2 2 2 | 2 5 | 2. 3 2 1 | 6 5 0 | 1 1 6 1 | 2 5 6 |
上 山 下 山 没 有 车 哟 嗬， 全 靠 一 头 小 毛
长 大 我 要 去 北 京 哟 嗬， 给 你 带 回 好 吃

5 5 6 6 | 5 0 | 4 4 4 2 | 4 5 6 | 5 - | 5 0 ‖
驴 哟 得 儿 喂， 全 靠 一 头 小 毛 驴 吧。
的 哟 得 儿 喂， 给 你 带 回 好 吃 的 吧。

152

小 蚂 蚁

仲 白 词
潘振声 曲

1 = E 2/4

(5 5 5 5 | 5 5 5 5 | 3 3 3 3 | 1 1 5 | 5 5 5 5 | 5 5 5 5 | 3 3 3 1 | 5 5 1)

5 3 3 | 5 5 3 | 4 4 4 3 | 2 2 2 | 5 3 3 3 | 5 5 3 |
1. 小 蚂 蚁 守 纪 律, 爬 到 东 来 爬 到 西, 从 早 忙 到 太 阳 落,
2. 小 蚂 蚁 爱 学 习, 会 搬 家 来 会 游 戏, 从 春 忙 到 秋 天 里,
3. 小 蚂 蚁 爱 集 体, 都 为 集 体 争 荣 誉, 蚂 蚁 蚂 蚁 我 爱 你,

4 4 4 3 | 2 2 1 | 6 4 6 5 — | 6 4 6 5 — |
忙 来 忙 去 为 集 体。 小 蚂 蚁 守 纪 律,
忙 来 忙 去 心 欢 喜。 小 小 蚂 蚁 爱 学 习,
从 小 就 懂 爱 集 体。 小 蚂 蚁 爱 集 体,

4 4 4 3 | 2 2 2 | 5 5 3 — | 6 6 4 6 5 — |
爬 到 东 来 爬 到 西 爬 到 西, 从 早 忙 到
会 搬 家 来 会 游 戏 会 游 戏, 从 春 忙 到
都 为 集 体 争 荣 誉 争 荣 誉, 蚂 蚁 蚂 蚁

6 4 6 5 — | 4 4 4 3 | 2 2 2 | 5 5 3 | 1 — |
太 阳 落, 忙 来 忙 去 为 集 体 为 集 体。
秋 天 里, 忙 来 忙 去 心 欢 喜 心 欢 喜。
我 爱 你, 从 小 懂 得 爱 集 体 爱 集 体。

5 5 5 5 | 5 6 5 6 5 | 4 4 3 2 1 | 2 3 2 0 |

月 亮 赋

（朗诵：林中华　虹云　配乐：高晓樑）

静静夜空繁星撒落在天穹上，
幽幽太空托出一轮皎洁月亮。
星光闪闪簇拥在明月的四周，
华夏儿女共同把嫦娥遥望。

古月袅袅天籁之音荡气回肠，
婵娟起舞灵动九五之尊殿堂。
月光似水倒映出了悠悠岁月，

一代代龙的传人回到故乡。

明月照古柏看千年青史沧桑，
悠悠万古事任世人评说短长。
借问苍茫大地几多兴衰成败，
试看今朝炎黄子孙实现梦想。

浩浩天宇飞船银河漫步翱翔，
踏上九霄拜访玉兔嫦娥吴刚。
衣袂翩翩嫦娥已绽开了笑颜，
把酒临风吴刚捧出桂花飘香。

满月如镜，月光似水，
高山流水长袖挥墨伴书声琅琅。
月圆似瓯，月光似酒，
酒未沾唇心已飞向梦中神往。
金樽在手难得几回醉？

豪气冲天醉倒又何妨!

山河同此赏明月,
万户窗前明月光。

月色融融引高朋满座来四方,
盈盈月辉满座高朋国是共商。
日月交辉同奏一曲琴瑟之歌,
复兴中华创辉煌同写新华章。
云遮月,莫惆怅,
月亮带走了人间的烦恼和忧伤。
月圆时,花正香,
月亮留下太多的梦想和希望。

祖国，挺起你的胸膛

（朗诵：刘纪宏　虹云　　配乐：张雅迪）

拿起放得下的是个人的愿望，

捧起放不下的是祖国的土壤。

抚摸着血肉铸成的长城，

身后屹立着十三亿钢铸的脊梁。

拿起放得下的是个人的一切，

捧起放不下的是海疆的波浪。

波涛滚滚的东海啊！

你翻起历史的狂澜。

老爷爷讲着北洋舰队的故事，

泪水从胡须往下流淌……

《十面埋伏》的琴声，

一次，又一次地，

敲打我的心房。

我远离海疆，

却生活在祖国的心脏。

我要大声高呼：

祖国，

抬起尊严的头颅，

挺起雄壮的胸膛。

我仿佛看到：

长征路上"八一宣言"的檄文；

我仿佛看到：

背井离乡的人在关外流浪、流浪……

我仿佛听到：

平型关、台儿庄那震天的枪声；

我仿佛看到：

一把把大刀在熠熠闪亮；

我仿佛听到"大刀向鬼子们头上砍去……祖国的好河山寸土不让……"

走在赵登禹、佟麟阁路上，

踏上蔡廷锴、蒋光鼐带领十九路军奋战的上海滩战场，

不知道面对今天的海防，

烈士们会怎样想？

我坚信：

他们会异口同声地呼唤：

祖国，挺起你的胸膛！

我们曾把国际主义的旗帜高扬，

然而，

洁白的乳汁白白地喂了豺狼。

我们曾把友好的旗帜插到每一个地方，

不承想，

有些人居然错误地把友谊当作窝囊……

我老了，

也许没有可能奔赴战场。

我老了，

也许没有力量去保卫海疆。

我远离海鸥飞翔的地方，

却身在炎黄子孙的殿堂。

我的身上流着中华的热血，

我有一颗激烈跳动着的赤诚的心脏，

不，

我们有十三亿颗火一样的心脏。

山连着山，

海连着海，

天连着天，

地连着地，

血肉铸成的长城，

焕发着无穷无尽的力量！

手挽着手，

肩并着肩，

海峡两岸打造着坚强。

我的心里流着两条河，

一条叫黄河，

一条叫长江。

龙的传人就要有飞天的气魄，

龙的传人就要佑卫龙的海疆。

十三亿龙的传人能倒海，

十三亿龙的传人可翻江，

祖国啊祖国，

十三亿颗赤子之心映红塞北江南，

十三亿颗雄心赤胆照亮波涛汹涌的海疆，

祖国啊祖国，

挺起你自尊的胸膛！

老 国 槐

——为母校北京三中 280 岁生日作

（朗诵：方　明）

280 年，

对于人的寿命似乎没有可能性。

280 年，

对于人的情感可以始终年华。

一踏进这古老又年轻的校园，

怀念的泪花闪烁出师生的身影。

靠近 500 岁的老国槐，

仿佛往事昨天才发生……

一

280 年，
这里发生的每一件事，
老国槐都可以作证。
曹雪芹大师曾在这里供职，
只可惜没能看到《红楼梦》在全世界出版、发行；
大诗人徐志摩留下不朽的作品，
他恭敬地把院中的老国槐称作"槐翁"。

历史的长河流到 1966 年，
一场大革文化命的风暴，
逼得校友老舍痛不欲生……
百花园中百花凋零，
太平湖中没了太平……
那是一个不堪回首的年代，
老国槐曾为师生老泪纵横。

163

二

啊！

280 个春秋，

仿佛这里不曾有过夏冬，

我们的老师从春天播种，

满头银发换来秋收的美景。

流进心田的汗水浇灌着小苗，

一年年，一月月，一天天，

把累累硕果奉献给国家

奉献给人民大众。

老国槐呀！老槐翁，

我们重返校园，就是来看望您！

三

来啦，来啦，

带着等身的著作，

揣着一片深情。

来啦，来啦，

满头银发的学者、艺术家

众望所归的英雄……

也许我们的老校友已戴上老花镜；

也许我们的新校友来去匆匆；

只要看一眼老国槐，

胸中的激情像长江、黄河的浪花在奔涌。

只要走进这古老的校园，

年过花甲的校友也会变得年轻。

四

看清了，看清了，

老国槐嫩绿的新芽已爬上了树顶。

看清了，看清了，

古老的校园显得那么年轻。

仰望着蓝天下的五星红旗，

浑身的热血滚滚沸腾。

倾听着年轻校友的欢声笑语，

希望之花绽开在老校友的心中。

我们已老态龙钟，

但校友的情感却时时攀升。

我们已功成名就，

但前进的脚步一刻也不曾停。

"求真、文明、勤奋、健美"

八个金光闪闪的大字仍是我们的校训。

老国槐啊！老槐翁！

您不正是中华民族的象征！

为您，

我们曾南征北战屡立奇功；

为您，

我们曾忍辱负重熬过严冬；

为您，

我们曾追求真理，企盼文明；

为您，

我们曾在法制的田野上开荒；

为您，

我们要献出自己的一生……

五

在《音画时尚》节目中，

主持人向金铁霖老师发问：

"宋祖英比您要有名……"

金老师毫不犹豫地回答：

"我为学生们一点一滴的成绩都感到高兴……"

是啊！老国槐笑了！

他在为校友们的成功把枝条舞动；

是啊！老国槐含情脉脉，

她用布满皱纹的手，

依依不舍地牵动着我们的衣襟。

重返校园，

忘记的是财富、官职、显赫的名声，

净化的是校友的心灵。

虽然我们栖息在老国槐脚下的年代不同，

但是，我们都是槐翁的子孙。

啊！校友，

在你的心中

抹不掉的是情深意重，

留下来的是师生情感的升腾。

六

人生自古多豪杰，

千金难买是真情。

人生自古多变幻，

师生情谊最浓重。

老国槐啊，老国槐，

您那花香沁人心脾，

年少时，曾为我们启蒙，

从此，

哪管风云多变幻，

何惧人生路不平，

想到那芬芳的花香，

心中自有豪情生。

老国槐啊，老槐翁，

无论我们走到哪里，

我们都怀念您生机盎然、高大挺拔的身影！

红船，心中的船

——为中国共产党建党 90 周年作

（朗诵：林中华　梁晨　　配乐：王立东）

南湖的水啊流不断，

滚滚波涛托红船。

红桨红帆红舵手，

引领中华九十年。

南湖的浪啊光闪闪，

红光倒映浪花间。

红星红旗红政权，

引领百姓到今天……

十月革命的隆隆炮声

震醒了东方睡狮，

唤起了苦劳大众千百万。

黑暗中，一缕黎明的曙光

照亮了南湖的红船。

南昌城头的枪声在召唤，

井冈山的翠竹入云端。

长征路上，

雪山草地回荡着团结抗战的"八一宣言"

红船啊红船，

你映红滚滚延河水，

你照亮巍巍宝塔山，

你带领百万雄狮冲破长江天堑。

你鼓满的红色风帆

化作五星红旗，

呼啦啦地飞舞在祖国的蓝天。

红船啊心中的船，

就像母亲在身边。

疾风暴雨袭来的时候，

你就是那千万条救生的船，

山崩地裂到来的时候，

你就是那撑起民族的桅杆。

红船啊，红色的船，

我们风雨同舟共患难。

历史的巨轮

航行到一个崭新的起点。

红色的舵手

引领的航道宽又宽。

南海边，你画了一个圈，

锦绣河山宏图大展。

你带来无尽的勃勃生机，

你带来春光旖旎的春天。

你引领百姓开拓着小康之路，

你引领中华民族走向伟大复兴。

红船啊，心中的船，

昨天、今天、明天，

我们追随你啊到永远。

红色的船又扬起了风帆，

航行在碧水蓝天。

载着繁荣和幸福，

装满欢乐和平安。

载着和谐与祝愿，

装满展望与期盼。

红船啊，红船，我们心中的船

检察官之歌

（朗诵：林中华　王学勤）

一

当亚洲东方一面鲜红的五星红旗冉冉升起，

当太平洋西岸中华民族的高大丰碑巍然屹立，

当中国共产党把春风春雨洒向神州锦绣山河，

当勤劳勇敢的亿万人民走进一个新的天地……

我们的检察官就诞生在人民共和国的摇篮里……

五十年戎马征程，

五十年风风雨雨，

人民共和国大树常青。

我们是园丁，

为大树浇水捉虫清除垃圾；

人民共和国是宏伟的大厦，

我们就搬砖运泥砌墙铺地；

我们是茫茫沧海中的一朵浪花，

浇出法律田野一片新绿。

我们是莽莽原野上的株株小草，

让公平的草坪铺到人民的心底；

我们是一马平川上的白杨，

为共和国大厦遮风避雨；

我们是党的优秀儿女，

党的教导永远牢记。

然而就在这幸福的国度里，

就在这繁花似锦的庭院中，

就在这高耸入云的大厦里，

却有人鬼鬼祟祟地破坏着门窗捣毁着地基。

他们数典忘祖侵害着人民的利益，

诞生在茅舍却鄙视布衣。

紧握着人民给予的权柄却千方百计地谋着私利，

吸吮着人民的乳汁长大却残害着母亲的躯体，

编织着五彩的花环却把真善美送进了坟地。

白天满口的马列主义，

夜晚却总梦到沾满人民血汗的美元、人民币。

那一副副皮笑肉不笑的嘴脸上写满了：

自己！自己！！还是自己！！！

那一双双紧盯金钱美色的笑脸上分明是：

忘记！忘记！！忘记了过去！！！

"四清"时他也曾打赤脚和老乡们一起耕耘热恋的土地，

小憩时他也曾在田埂上卷着"大炮"和乡亲们谈天

说地，

　　可如今他吸着"中华"牌的香烟吞云吐雾后只剩下烟屁和自己。

　　外贸谈判他把项目的底盘拱手相送换来的是谋私的蝇头小利，

　　嘴里叼着"大中华"出卖的却是民族的利益。

　　群众说他白天文明不精神晚上精神不文明，

　　这不是捕风捉影也不是流言蜚语。

　　我，一名人民共和国的检察官在法庭上出示他作恶的证据：

　　看，他正把巧取豪夺的琼浆玉液倒入夜光杯。

　　听，他正把叮当作响的珍珠玛瑙装入小秘的首饰盒里。

　　他用留作纪念的战刀撬开人民银行的保险柜，

　　大把大把贪污着美元和人民币。

　　"文革"中他被下放到一个小村庄，

　　乡亲们的热炕温暖了他悲凉的心底。

如今在那金银打造的豪宅里，

他从席梦思上赶走了结发之妻，

进口的鸳鸯池里他换了一个又一个小秘。

救灾款他敢拿去花天酒地，

拆迁费他敢揣进腰包里，

他把社会垃圾当作亲朋好友，

把肉麻的吹捧当作甜言蜜语。

上学前老妈妈把他送出村口，

铺盖卷里的土布鞋是老妈妈亲手纳的千层底。

穿上土布鞋他刻苦攻读，

毕业后党和人民把大权交到这位博士手里……

党和人民实指望他为人民理财让党放心让人民满意，

谁知道他竟把人民的血汗拿到赌场一掷千金。

你以为你是谁？

没有人民的培养你早已被贫困所独吞，

没有党的关怀你早已把学校远离……

此时此刻我仿佛听到一声声警醒的话语：

"手莫伸，伸手必被捉"！

我仿佛看到一个个检察官那高大的身躯。

腐败分子说：

我们有作案高招锦囊妙计！

检察官声色俱厉：

你岂能高过检察官头上金光闪闪的国徽，

你岂能逃出检察官肩上几经风雨的国旗。

腐败分子曾妄想用神灵保佑自己，

把百元大钞贴满玉佛金身，

把出逃的侥幸寄托于国际班机，

然而他们终于没有逃过检察官的追踪国际刑警的寻觅。

腐败分子曾自鸣得意，

伸出的双手终于被牢牢地铐起。

花花绿绿的钞票买到的是监狱的门票，

船载车拉的贿金换来的是小命归西。

沉重的镣铐锤打着他那纷乱的思绪，
想家的欲望萌生在他那渴求的心底。
他想起一口口哺养他长大成人的老母亲，
想起贤妻那心力憔悴的哭泣，
想起孙儿坐在他的膝上娇滴滴……
他曾有一个和和美美的家庭，
如今家人却远离他而去。

你以为你是谁？！
离开了人民就好比离开天离开地，
离开净水离开空气。
你将呼天天不灵呼地地不应，
你将被万物鄙视被国人唾弃。

人民共和国的大厦啊！宏伟壮丽，

人民共和国的未来啊！璀璨无比，

人民共和国的儿女啊！矫健秀美，

人民共和国的江山啊！风光旖旎。

朝阳里我仰望茫茫苍天在上，

沉思中我看到飘飘大雪落地。

此时此刻我头上的国徽嵌入苍天，

我肩上的国旗呼啦啦地飘起！

朝阳里我看到一支队伍走来，

他们像天降的雄鹰翱翔在碧蓝的天空，

似高飞的海燕经受着暴风雨的洗礼。

我仿佛听到一个巨人在呼唤：

检察大军你们来了！

党需要你们，

人民渴望你们勇敢地出击！

渐渐地我看清了那一张张熟悉的面孔，

那一个个高大的身躯。

于是我大步跨入这雄壮的行列里……

我在默默地想：

我们是人民的队伍，

我们是人民的儿女，

我们要学习红军兄弟英勇战斗绝不后退！

用国家的法律，

用手中的笔，

用党给的智慧，

用人民给的权力，

为党争光为民争气……

爱比什么都珍贵

没有什么比爱更珍贵，

爱过就永远不会后悔。

金山银山你可以获得，

它永远也没有爱光辉。

爱像阳光一样地温暖，

爱像月光一样地妩媚。

爱像清泉一样地纯洁，

爱像鲜花一样地娇美。

后悔的事也有过几回，

爱过却永远都不后悔。

也许是萍水相逢的人，

爱的心灵会相依相偎。

也许一生无法成双成对，

爱过会成为记忆的丰碑。

也许爱河会匆匆地流过，

爱的大潮却澎湃在心内。

爱过就有美好的回味，

爱比什么都珍贵。

对中国梦的回答

没有梦想，

哪儿有理想？

没有理想，

哪儿有希望？

没有花蕾，

哪有花儿朵朵？

没有阳光，

花儿怎能开放？

没有雨露，

哪有根深叶茂？

没有根深叶茂，

哪儿有百花飘香？

我们是花蕾，

我们是祖国的未来和希望，

人民是雨露阳光，

沐浴着千万株花朵，

滋润着祖国的土壤。

望着生机勃勃的校园，

我们尽情地蹦啊，跳啊，

望着满园的春色，

我们放声歌唱。

我们是炎黄子孙，

我们是新时代的儿郎。

复兴中华是我们共同的梦想。

我们是品学兼优的少年，

鲜艳的红领巾在胸前飘荡。

红领巾是五星红旗的一角，

戴着它，我们永远不会忘记，

为实现中国梦奋斗的前辈：

孙中山爷爷，毛泽东爷爷。

浴血奋战的杨靖宇、董存瑞、黄继光……

我们永远不会忘记那战火纷飞的战场：

平型关、台儿庄……

今天，我们要接好实现中国梦的

接力棒。

对中国梦，我们的回答是：

我们有坚定的信心和力量。

对中国梦，我们的回答是：

"好好学习，天天向上。"

中华民族是礼仪之邦，

中国人民勤劳、勇敢、善良。

小时候，妈妈讲"岳母刺字"的故事，

"精忠报国"在我们心底闪光。

小时候，爸爸给我们讲爱迪生的故事，

我们一步步走向科学的海洋，

《西游记》的故事我们不曾忘，

如今，顺风耳，千里眼

已来到我们身旁。

小时候，

妈妈给我们讲

月宫中的嫦娥、玉兔、吴刚

如今，

祖国的飞船已遨游在嫦娥故乡。

可是啊，

天空中有太多太多的奥秘，

等待我们去探索，

海洋中太多太多的幻想等待我们去远航。

浪花啊浪花，

你闪耀着金光。

你给我无穷的力量。

白云啊，白云，

请把少年的雄心写上。

我们长大要为中国梦贡献力量。

今天，我们的回答是：

"好好学习，天天向上。"

中国大地上，有五十六朵鲜花。

幸福地开放，

实现中国梦，

要靠民族大团结的力量。

地球上，有千万朵花蕾

含苞欲放，

地球村里住着不同肤色的小朋友，

他们在向我们眺望，

实现中国梦，

如今重担落到我们身上，

世界和平、繁荣、昌盛，

要靠不同肤色小朋友的手拉手、肩并肩，

走向人类的辉煌。

无论东方、西方，

不管天空、海洋，

人类的进步不可阻挡。

今天，我们的回答是：

"好好学习，天天向上。

健康是一首歌

把健康握在你我手中，
每一天都有好的心情。
把健康放在你我心上，
生活的旋律优美动听。

健康是晴朗明媚天空，
绽开你我心中的彩虹。
催开你我快乐的笑声，
映出你我红红的面孔。

健康是一首欢乐的歌，

伴随你我快乐的身影。

健康是一首豪迈的歌，

激励你我奋斗的人生。

健康是一首和谐的歌，

带来家庭的幸福安宁。

健康是一首生命的歌，

伴随你我平安的旅程。

快 乐 果

传说快活林里有快乐树，
快乐树上结满了快乐果。
林深树曲道路坎坷曲折，
只要找到它会幸福生活。

尘世间的烦恼忧愁太多，
快乐果排忧解难会洒脱。
吃一颗快乐果翩翩起舞，
吃一颗快乐果纵情高歌。

快乐果其实在你我心窝，

心情好阳光每天都照射。

心情好像大海一样宽阔，

心情好像蓝天白云朵朵。

来吧，来吧，吃一颗快乐果，

让好心情走近每一天快乐生活。

来吧，来吧，跳跳舞唱唱歌，

让每天在快活林里生活。

气　概

大地宽阔大海豪迈天光风采，

人间七情六欲难得英雄气概。

看不见摸不到仿佛九霄云外，

看得见摸得着就在身边徘徊。

大浪淘沙古今英雄一代一代，

成大事者虚怀若谷博学仁爱。

听不见碰不到能决定大事成败，

听得着看得见岂止能翻江倒海。

百姓事放心上人寰拥戴，

坐庙堂酒肉臭到头来呜呼哀哉。

天人合一正气滚滚来，

玉宇天光澄清万里埃。

钱

有人说钱是一个好东西

有人说钱不是个好东西

有人说钱能通神

可它买不到深情厚谊

有人说钱可以驱鬼推磨

可它驱使不了时间和正义

我说钱有出息也没出息

我说钱能买东西也不是东西

如果你摸透了钱的秉性

你就会说

钱嘛它只不过是个奴隶

如果你是它称职的主人

你就会家庭幸福人生美丽

如果你是它不称职的主人

你就可能演出人生的悲剧

柔 情 万 种

雾里看你娇媚的身影，
娇媚的身影朦朦胧胧。
朦朦胧胧中的一双眼，
眼里深藏着柔情万种。

风中看你那长发飘逸，
飘来阵阵浓郁的香气。
香气温馨似春风拂面，
飘啊飘一直飘到心底。

夜空中仿佛望到了你，

像一颗星闪耀着情意。

天高风险如何能摘下，

我要架一座爱情天梯。

晴空中看你飘在天宇，

不知你要飘到哪里去。

我要变成蓝蓝的天空，

把你融入我的怀抱里。

第二辑

散文·随笔

吃亏与占便宜

"吃小亏占大便宜""占小便宜吃大亏",这两种相反相成的观念,在世上已流传了不知多少年。听起来这些观念似乎很俗。其实,丰富的内涵并不是每一个人都真正了解。而真正领悟的人,往往是在实际生活中有了真真切切体验的人。

如果用世俗的观点去理解吃亏与占便宜,便无论如何也难真正理解这其中的哲理,也就很难领会其中的奥秘。

一位在班里学习成绩名列前茅的大学生,本来很有前途，但喜欢占小便宜，偷了同学一部手机，进了公安局……

一位仕途颇为腾达的干部，因为涂改单据，贪污了万把块钱而葬送了一生的功名……

一位梦想"天上掉馅饼"的人，被骗子用金灿灿的戒指勾引，结果被骗去十万元人民币，让骗子给他来了个"金钩钓鱼"……

至于当今因占大便宜，损害国家和人民利益而用大把大把钞票换来手铐，买到走进监狱"入场券"的人，在媒体上是经常有所披露的。

不义之财不可得，是古训早已告诫的箴言。而贪图小便宜或大便宜的人，往往自以为得计，总是"聪明反被聪明误"，这似乎是不言的事实。

"吃小亏占大便宜"与"占小便宜吃大亏"相比，其内涵就丰富得多了，各自理解的程度和角度也有所不同，甚至大相径庭。

如果说"占小便宜吃大亏"是主观刻意性很强的

举动,那么"吃小亏占大便宜"则是一种心理素质优良的结晶。因为并不是所有的人都敢于或甘于"吃小亏"。而这里所指的"吃小亏"也并非世俗中所指的那一种,而是哲学中的因果关系了。

"吃小亏",在亲朋好友之中,其实只是相互帮衬的代名词,并不是一种"商品交换"式的吃亏,这种观念,在商场上,往往是一种信义与大度的体现。

这就使我联想到李嘉诚先生初入商场时的一个小故事。

李先生与另一位老板合作一单生意,说好利润分成。但因种种原因,生意赔了。李先生十分大度地将自己的钱连本带利还给了合作伙伴。伙伴起初并不知真相,但在知此真相后,也并没有动声色,而是将一单更大的生意交给李先生做,结果,李先生从此像芝麻开花节节高。李先生之所以发达,其源盖出于他先做人后做生意,实在令人钦佩。而这种"吃小亏"的举动,并非世人皆能所为,而"吃小亏"也并非李先生刻意所为,他"吃小亏”也并非想"占大便宜",而是其信义、坦诚、大度的必然结果。

中国还有句俗话:"吃亏是福"。这话,是站在"吃亏"者角度而言。并非把它当作让人家"吃亏"的借口来理解,否则便会亵渎助人为乐之举,给那些成天算计别人以占便宜为"家常便饭"者以可乘之机,同时给这些人找到"理论根据"。

"吃亏是福",作为"吃亏"者来说,是一种美德,而作为总想"占便宜"者来说,那是缺德。这是一个事物的两个侧面。

雷锋助人为乐,常常用仅有的一点津贴去帮助素不相识的人,但他并没有想到回报。但久而久之,人民群众的认可,给予他很高的荣誉,这样的"回报"是多少金钱也无法获得的。

焦裕禄、孔繁森等一大批党的好干部,人民的好儿女,为人民呕心沥血,似乎很"吃亏",但他们却在人民群众心中树起了一块块高大的丰碑,这种"回报"是那些只图私利置人民利益于不顾，大把大把往腰包里揣钞票者所不可能得到的。

总之，"吃亏"和"占便宜"是世间一种不平衡的表现，但其内容的实质却千差万别。"吃亏"并不见得都是坏事，而是看你如何吃的亏，一种是为帮助别人而自己"吃亏"，那是应发扬光大的助人为乐精神，而另一种则是不懂事而吃亏上当，那是为成熟交了学费。

"占便宜"也大体分为两种，一种是对善良者的回报，是洒下"春风"所获得的"甘露"，另一种是商业投资，在风险之中获得得合法利益。从现象看，似乎无差别，但从本质上看，"吃亏"与"占便宜"都有着必然的规律。

"吃亏"和"占便宜"实在是一件复杂的事情，但无论怎样，倘若有一个好的心态，便可以心甘情愿地去"吃亏"，亦可以理直气壮地去"占便宜"。

大　潮　赋

大潮啊，大潮，勇敢者日夜把你向往。浪峰卷起时，勇敢者会冲浪；浪峰跌落时，勇敢者好冲凉。

潮起潮落，有智慧，岂能迷失方向。

潮落潮起，雄才者，如信步大海上。

大潮啊，大潮，懦弱者不知去何方。山高人为峰，浪险凭胆量。人心最难测，海水莫斗量。

大潮啊，大潮，你是浪的故乡。

浪花啊，浪花，你是潮的姑娘。

有人说，浪是海的赤子。不！浪是玉皇的儿郎；有人说，水是柔弱的美女；不！我说滴水穿石。她比钢铁更坚强。千万滴水啊，汇成柔美的浪花，千万朵浪花啊，铸成大潮的臂膀。

小小的水珠，缺少力量。汇聚的水珠化作了波浪。浪漫的波浪汇聚成大潮，能把万吨巨轮抛入汪洋。

诗人说，比大海宽阔的是天空，比天空宽阔的是心胸。我说，弄潮人的心能包容宇宙的每一个地方。

风停了，大潮退了，只见一枚枚金色的贝壳留在沙滩上。弄潮人此时的收获岂止黄金千两万两！沙里淘金的人，要有虎背熊腰，要有雄才虎胆，更要有菩萨一般的心肠！

栋　　梁

莫叹息，莫惆怅，我亲爱的同志啊，虽然战友们都去向远方，到工厂，到课堂。虽然离别的心情，并不好尝。但他们，像一棵棵小树，明天会长成祖国的栋梁，像一朵朵鲜花，向着太阳开放。

我亲爱的同志啊，莫叹息，莫惆怅，道路全靠人来走，我们要振作起来，为着革命的理想。

我要把你比作荒山野岭的矿石，今天也许还在深山埋藏，明天呵，它会放出夺目的金光。

不，你就是你呵，你是雷锋的身影——干一行爱一行。

农村广阔的天地，把你锻炼成优质铁，我们工厂的熔炉呵，从今要把你百炼成钢。

是矿石一定能炼出好铁，是好铁就不会炼不成好钢。还犹豫什么？斗争就是生活，生活本来就是这样。

从石泉流出晶莹透澈的泉水，像你的灵魂朴实、端庄；从熔炉奔出的铁水，像你的性格那样热情、豪放。

呵，亲爱的朋友，我从来没有鄙视过你到"狂妄"，因为"要革命就必须是强者"，马克思主义的著作中早已写上。

请喝一杯舒心酒吧，它永远不会使你醉倒，只能给你增添无穷的勇气和力量。这是用我们社会主义创造性劳动制作的美酒，它要叫生活本身更加美好、芳香……

今天，也许你离去了一两个战友，但明天，你会团结更多的新生力量，让我们在不同的岗位上发出灿烂的光芒。

天天路过八宝山

每天上班，总要路过八宝山。

八宝山，多么富于神秘色彩，富有象征意义的名字啊，然而，这名字的响亮和人们之所以耳熟能祥，并不是这名字带有童话色彩，而是这山，这八宝山已经成为认识终点的代名词，成为人生归属的代名词。

在北京，特别是老北京人，忌讳特多，不吉利的话不说，就像教育人们说话不要带脏字儿差不多。所以，在一定场合，八宝山也便成了"讳言讳语"了。

一次打的，我需要去单位，迎面缓缓驶来一辆崭新的红色夏利。

我摆了摆手，那车停在了我跟前，师傅，去八宝山。

司机师傅翻着白眼看了我一眼。

"去八宝山！"我傻乎乎认为他没听清，我又重复了一句。

"你才去八宝山呢！"的哥二话没说，生气地一踩油门，飞似的从我身边开过。

我望着远去的红色轿车，检讨过自己……

当然，我明白了，八宝山已不仅仅是一个地名了，而是死亡之路，人生旅途的终点，再加上一个动词"去"，要不遭人烦才怪呢。

从此，我学乖了，打的绝不再说去八宝山了！而是改说去鲁谷。

这个"改革"还真是，再也没有碰到翻白眼珠子的"的哥"。

其实，人们对这一带并不了解，据说，"鲁谷"这个地名是从"骷髅"二字引伸过来的，也许改名时还没有"的士",但倘若不改,"的哥"们对你脱口而出"骷髅"二字,不仅仅是翻白眼,或许还会生更大的气呢?

不管八宝山的名字吉利与否,我要上班,所以我仍然是每天从八宝山路过。

八宝山几乎每天都那么"热闹",不管是喜欢不喜欢去凑"热闹",必要时,你都得去,去和故去的亲朋好友告别。至于每去一次的感触便多有不同,当然,我也有一些感触的,是"英雄所见略同"的,你比如:每去一次告别亲朋好友,就如净化一次心灵——亲朋好友,生时相互关心,相互爱护,要善待每一位值得善待的人;要珍惜健康,要热爱生活,活得更充实一些,更愉快一些,抓紧每一分每一秒,为国家、人民、自己多做一些有益的事情。这种净化心灵,甚至叫"震撼"心灵的作用,是任何大小会议、总结报告、保健品推销等方法以及保健工作宣传的作用无法代替的。因为谁都不愿意去赶八宝山的"早市",而是希望更晚一些去那里"报到"。

每天上班我都要从八宝山路过。

每天都会引发我不同的思索，有些是浮想，有些你也许认为是异端邪说。

我曾想，在服务行业，提倡"微笑"服务。唯独八宝山不能给这样的服务原则。因为那里的服务生，迎来的是悲痛、肃穆、生死离别的顾客。

于是我又想到在生的世界里，应当多一些微笑，多一些"我为人人，人人为我"。让生时的微笑、别时的眼泪更多。

亲朋好友的诀别是痛苦的，然而，生时的友情、亲情、爱情亲密无间，互谅互爱，会减少一些诀别前的内疚和自责，然而，悲与喜又是相辅相成的。当你告别最喜欢的人、最亲近的人时，你的眼里也许最多，你的伤感最深。但是，只要生前你对他（她）善待了，宽容了，又好了，你就会心安理得。

所以，我主张对亲朋好友要在生时常来常往，友情日增，一旦诀别，无奈无愧。

每天上班，我依然要从八宝山路过。

　　我除了感慨情感中的亲亲密密、卿卿我我之外，也许会游移到名利场上的蹉跎。

　　这使我忽然想起乔老先生那句"不为浮名所思"的谆谆教诲，更想起了"刘老根"编剧老师那富有哲理的说法，当别人把你当回事儿的时候，你别把你自己太当回事儿。当别人不把你当回事儿的时候，你要让人家知道你是怎么一回事儿。因为如果有一天，你真的到马克思那里报到，你是任何东西都带不走的，正像老百姓说得那样，"赤条条地来，又赤条条地走了"，唯一希望的是，请你把真情留下。

　　真的，我上班，每天都要从八宝山路过，那是一件没法子的事情，如果用日本的话来讲，就叫着"日本人吃高粱米——没法子"，因为那是历史上的事情造成的。

　　当明年您再光顾北京市检察院时，您绝不会再路过八宝山了，因为北京市检察院已搬到建国门附近了，所以您向东，而不是向西去了，您会迎着东方升起的太阳，步入北京市人民检察院……

小山村里过春节

二十岁，风华正茂的年龄，对我来说，是记忆中的年龄。往事多多，似不曾一一记起，但春节的那些日子却记忆犹新。因为二十岁的春节，我是在山西插队时在一个小山村窑洞度过的。

我二十岁时，平生第一次看到窑洞。

二十岁那年春节前夕，晋东南的一场大雪把一个个小山村神话般地变成了银白色的世界，平日黄土滚滚的大地，尘土被白雪压服，一个个黄橙橙的土山丘，在瑞雪的掩盖下，银光闪闪，煞是好看，尽管如此，背井离乡的滋味却时时泛起。需知"每逢佳节倍思亲",是人之常情。

我们的知青点由五个人组成,我、哥哥(其实只比我早出生 1800 秒)、妹妹、妹妹的同学,还有我的老邻居。

我们是那年一月份开进这个小山村"扎根闹革命"的,所以刚刚进入二月份,一个难题就摆在了我们面前:回不回北京过春节?如果回,谁回谁不回?对于刚刚从首都到外地插队的我们,刚刚离开亲爹亲娘的我们,和当地人陌生,语言不通,生活习惯不同,有谁不想回京在父母身边过春节呢?恰如当今外地来京的打工族,有谁不想离京回到自己的家乡和父母亲朋、兄弟姐妹共享春节团聚之乐呢?

关于谁回京过春节的讨论分两个阶段,第一,沉默,谁都不好意思开口。第二,争论,各自提出必须回京过春节的理由。

我当然也想回京过春节,屈指一算,知青点的五个人,我家就占了三个,如果都回京,费用不低,会给家中平添不小负担。妹妹的同学当时不到十八岁,想爹想

218

娘更迫切，邻居家的老父有病，要免除节日的牵挂，以防老人思子病情加重。算来算去，只有我一个人留在窑洞的"条件"最好。于是，我制止了这场无休止的论辩，决定留下来看窑洞，过春节。

我的四位知青战友回京了。

除夕夜，雪越下越大，我独自一人在窑洞中准备年夜饭。说是准备，倒不如说是拿来就吃。因为那时刚到农村，大包小包的饼干、面包、香肠之类的食品带来不少，只需烧点开水，年夜饭就做成了。

我们住在老乡家的窑洞里。老乡的家在村边，独门独院，清净、冷漠，静得瘆人。

我刚刚要吃"年夜饭"，突然，就听有人敲门，我立即推门出去，踏着厚厚的雪去开院门。

随着院门的打开，一张冻得红扑扑的脸呈现在我的面前。"队长！"我惊喜地喊了一声，队长的手里拎着一个小布袋子，布袋子还散发着热气。

我赶紧把队长让进屋里。

"锡喜。"他用浓重的沁县话说,"我给你送黄蒸来了,这里过大年要吃黄蒸的。"说着,他把热气腾腾的小布袋打开,一个个像金元宝一样的黄蒸,在屋外白雪银光的映照下,闪着金光。我连忙把煤油灯捻亮,看着身边的队长不知说什么好。

黄蒸,是这一带过年吃得最好的食品。这里细粮少,逢年过节,除去蒸些馍馍、烙些小米面饼子之外,就数黄蒸最金贵了。那是用大黄米面做成的,有点儿像北京的团子,只不过包的不是肉和菜,而是红豆馅。队长走后,我美美地吃了一顿黄蒸。那黄蒸,甜中有点儿酸,酸中有点儿甜。后来我才知道,那做法很讲究,那黄米面发酵的时间要恰到好处,不能放碱,不能发酵时间太长,否则会光酸不甜。

真没有想到,除夕夜还能吃上这么可口儿的年夜饭。其实,要在北京吃甜豆包,那细细的豆沙放上雪白一样的绵白糖,十分香甜。可那个年代,去哪儿找白糖呢?可这黄蒸中的豆馅,当然没有放糖。尽管如此,我那寂寞、心酸早已被黄蒸的甜味冲得一干二净了。

我们这小山村过春节时还有两件大事，一是闹红光，就是搭台唱大戏；二是喝羊肉汤，就好像北京的羊杂汤。那大多是在正月举行的。那时候，山村很穷，大戏唱一场作罢，算是年景好的村儿。据说现在不同了，有的村子可以从初一唱到十五。

大年初一的"红火"，我也是想凑凑热闹。于是我搀扶着房东大娘，到村东头去看"大戏"。

那"大戏"，其实就是上党梆子，是晋东南一带的"看家戏"。站在村东的台前，我窃喜了。如果回北京过节，恐怕一场戏也看不成。那个大革文化命的年代，除了样板戏，什么戏也不让演，更没有卡拉 OK、蹦迪之类的场所。所以，每每忆起二十岁时过的那次春节，就会产生了一种羡慕，甚或嫉妒如今二十岁的青年们过春节的幸福，而且春节之前，元旦之前还要过圣诞节。几乎节节相连。

沉思中，忽然，队长凑到我身边。他看到我搀扶着房东大娘来看戏，脸上显出一副满意的样子。于是，又给我讲了一个房东大娘的小故事。

听队长讲，房东大娘叫"杨万家"，因为她的丈夫叫杨万，丈夫死后，村子里的人都管叫她"杨万家"。她勤劳、朴实、节俭，一个人靠双手养活自己。她的儿子在长治工作，偶尔回来看看她，给她贴补一点零用钱。但是，她的柴米油盐，总是自己靠打猪草、摘酸枣儿之类的活计去赚钱，日子过得很清苦。有一次，为了多打一些酸枣迷了路，后来队长发现她没回家，便带着几个村民把她找了回来。

正月十五刚过，知青点儿的战友们陆续回到了窑洞里。

我的哥哥、妹妹向我"汇报"家里的情况，其他人也就是唠叨唠叨家长里短儿，没有一个提起京城的文艺生活。

我和他们不同，我把春节如何度过的情况描叙了四十多分钟，听得他们大眼瞪小眼……

走 近 墨 天

墨天一向低调做人，高调做事。他对自己的书法艺术要求很严格，不论给谁写字，都一视同仁地认真，从不敷衍。

我和墨天相识近二十年。十多年前，我曾鼓励他"宣传一把"。他觉得自己年轻，还是闷头做事的好，我也就不勉强了。

墨天的低调并非不自信，而是觉得要凭实力去搞书法创作。因此，至今他只出版了一本书法集。我所说的高调做事，是指他对书法艺术的高标准，高要求。如今他已成为名家，但总是要抽出时间临帖，以巩固自己的根基。

我曾在二十多年前和忘年交著名画家彦涵交流过，并根据老人家的思想，对绘画的价值总结出三点意见：一是绘画要有艺术价值；二是要有经济价值；如果没有人舍得花钱去收藏、收购你的作品，作为艺术水准高而无人欣赏，有如"老王卖瓜，自卖自夸"；三是作为艺术家要有品格价值。如果人很"掉价儿"，便很难创作出好的艺术作品。我之所以谈及往事，是因为书法艺术也可适用这三个价值。

墨天的为人大家是认可的。他的书法艺术在竞争激烈的今天，无论艺术价值，还是经济价值，都是为众人所首肯的。至于格品价值，前已所述，恕不赘言。

墨天之所以在书法艺术方面的造诣不断攀升，除去他和炳森先生曾受教著名书法家何二水先生之外，他的勤奋好学是很重要的原因之一。这就造就了他博学多才的素养，从而又提升了他的书法艺术。

墨天博闻强记，一方面他天生记忆力惊人，另一方面他十分好学。有时候席间可以为你滔滔不绝地背诵古诗古文，或背诵几十行贺敬之、郭小川等著名诗人的朗诵诗，令四座惊喜，掌声不息。

在音乐方面，墨天也是颇有研究的，就连《骑兵进行曲》这样又老又长的经典之作，他居然能如数家珍般地一口气唱完。

墨天爱好广泛，素养颇高，为他的书法艺术创作奠定了坚实的基础。

墨天请他的师兄刘炳森先生生前为他写了序，也请著名书法家、北京书协副主席写了序。说实在的，对书法艺术本人并非一窍不通，但充其量也只是"半瓶子醋"，因此他请我写序只是队友友情，无法推托。

给朋友写序，是件艰苦的事。序说多了，会给人感觉是吹捧，炒作。说得不到位，又恐对不起朋友。因此，我这个人只能写一些朋友对墨天的看法。

对于墨天的书法艺术，名人之述备矣，许我只是说了些书法艺术之外的话。书法艺术并非仅仅以名人之说为准，还是请你自己去欣赏墨天的书法作品吧。

氽 与 高 末

氽，可作为动词。比如氽丸子、氽白肉等等。但时下，不少小饭馆儿的菜谱上总把这道菜写作"川丸子"。倘若不知，便以为是一道川菜，倘若写作"川白肉"，便以为东北菜也变成了川菜。

氽加上"儿"字，便是老北京时的一种生活用品——"氽儿"。这里"氽"字便又作名词用。

氽儿为何物？它是老北京烧水用的一种工具。

现如今，烧水、做饭用的是液化气、天然气灶，电炉、微波炉等等。老北京百姓取暖、烧水、做饭用的是煤球炉子，新中国成立后才逐渐有了蜂窝煤炉子。

氽儿的诞生，也许与当时使用煤球炉子关系颇大。

氽儿是用洋铁皮(马口铁)由钣金工卷制而成。其形状是个圆柱体的铁筒，直径六七十厘米，长约二三十厘米。一般氽儿的中缝和底部是用铆钉铆制的。因着要用火炉烧水、煮鸡蛋，用锡焊的很窄易开绽。氽儿的上方开口处安有一个铁柄，如若防止烧后烫手，可用布条之类的用品缠上几层。烧水时，可将氽儿放入火炉内。由于水不太多，几分钟便可以把水烧开。

老北京几乎家家有氽儿，那是与老北京人的生活习惯不无关系。那时，许多人家都有一个早起喝茶的习惯，为及时把茶沏开，用氽儿烧水是最方便的。那时不比现在，高档茶叶尚是奢侈品。铁观音、龙井、太平猴魁之类的茶叶，寻常百姓家是不敢问津的。因此只能到茶叶店买花茶的茶叶末儿。比较高级的茶叶末儿谓之"高末儿"，一般为"底末儿"，也有称之为"高碎"的。那时，北京人没有那么多种类的茶具，因为那昂贵的茶具百姓买不起，更不用说成套的功夫茶用具。早晨沏一大搪瓷把儿罐子浓浓的"高末儿"茶，便是一种享受，也许这一天就不再怎么喝水了。

使用汆儿还有一个方便之处，就是招待客人及时。家里来了亲朋好友，管不管饭不说，茶是必沏的。倘若用大铁壶烧一壶水，要好长时间，客人哪等得及。水没烧开，客人已起身走了，实在不适合。即使是不急着走，让客人等好长时间，那也是不礼貌的事。但汆儿就可以发挥"及时雨"的作用。客人来了，很快地把水烧开沏好茶，陪客人边喝边聊，然后再烧上一汆儿……

豆汁儿与豆汁儿张

闻名京城的豆汁儿，进不了世界食品大典。但大凡有华人的异国他乡，却总有些对豆汁儿情有独钟的人。甚至有些人回到北京后总忘不掉喝碗豆汁儿，吃几个焦圈，尝几口咸菜，回味一下出国前的生活。

喝不惯豆汁儿的人，特别是南方同胞，谓之：又酸又臭，像是泔水。豆汁儿的确是"下脚料"所制。但那不是什么劣质下脚料，而是绿豆的副产品。在物质丰富的今天，很难想象豆汁儿一类的副产品会发明创造出来。也许豆汁儿的出现是被惜粮者所"逼"出的杰作。物品匮乏的当时，人们总以各种方法充分利用资源，不敢有任何浪费。绿豆作为加工粉丝的主要粮食作物，虽在当时没被"炒"到如今这个价格，也是作为豆中的佳品，备受青睐。那时候，制作粉丝的小作坊，往往是小本生意，考虑充分利用原料，是降低成本、获取最高利润的思路之一。所以，做粉丝剩下的原料，可以出两种副产品。主产品粉丝做成后，出现了副产品麻豆腐。剩余的下脚料加水后，用洁净的细纱布滤过之后装入器皿中封起来发酵。

发酵是豆汁儿制作的关键所在。这就像先前蒸馒头用食用碱一样，碱要适量，否则蒸出的馒头发黄，味儿苦。所以，发酵的火候十分重要。发大了会腐烂，时候不到又得不到豆汁儿的功能和口味。常喝豆汁儿的人皆知那口味酸中带甜，热热地喝一碗，全身冒汗，确有开胃祛暑、清肠的作用。配上焦黄的焦圈，吃一口带芝麻的香脆可口的咸菜丝儿，加上烤得金黄的麻酱烧饼，那滋味儿别提多美了。

卖豆汁儿的店铺在北京有许多家，但以张记的豆汁儿最为出名。这家店铺不大，名曰"豆汁儿张"。"豆汁儿张"熬制的豆汁儿颇有特色。一是稀稠得当；二是汁水交融；三是小菜品种多，口感好。熬豆汁儿也是个技术活儿。煮饺子要大开锅，熬豆汁儿却要慢火儿，否则豆汁儿散作一片，汁儿与水泾渭分明，便会乏而无味。豆汁儿的稀稠度也有讲究：太稀了，索然无味儿，不如去喝白开水；太稠了，成了糊糊，有糊嘴之嫌。因此，稀稠要得当。时下，很多豆汁儿店因熬豆汁儿的技术不地道，往往加过量的淀粉，使得豆汁儿的味道也随之不地道了。喝豆汁儿的小菜儿也很讲究。一般的豆汁儿店所备皆为咸菜丝儿或腌制的萝卜块儿。"豆汁儿张"备的小菜除以上两种外，还有很多酱菜。最好吃的要算是爆腌儿的酱苤蓝。泛黄色的酱苤蓝块儿，蘸上一小盘磨儿香油制成的辣椒油，吃起来香味儿扑鼻，微辣可口，美不胜收。

京城的小吃玩意儿种类很多，但同一类小吃玩意儿，货比三家，出现了一批信誉高的店家。吃爆肚有爆肚冯、爆肚满，卤煮火烧要去小肠陈家。诸如此类，有这样的说法：张记的豆汁儿、哈记的风筝、李记的空竹、赵子玉的蛐蛐罐儿等。

海外游子的牵挂

几年前，一位朋友远在美国的挚友回国看望妈妈。据朋友讲，这位美籍华人是研究纳米技术的专家，喜欢诗歌、音乐，希望我和他见上一面。于是，我拨通了他所住宾馆的电话。

电话中，他告诉我他喜欢拉小提琴，而且曾写过一些曲子。一时间，拉近了我俩的距离，很想到宾馆见一见他。

挂上电话，我想，初次见面，总要有个见面礼吧！对方是位纳米专家，一定很富有，实在找不到合适的礼物。我的儿子曾在瑞士学习，那种牵挂一时涌上心头。

于是，我生活的积累涌泉般喷发，决定送一首小诗给他。

小诗就叫《回家》：

> 海外游子多么想念家，
>
> 兄弟姐妹一起看望妈妈，
>
> 妈妈用黄河水为女儿洗尘，
>
> 妈妈用长城为儿女把心桥架。
>
> 你肩挂着英吉利海峡的浪花，
>
> 我身披着美利坚绚丽的晚霞，
>
> 他脚沾着富士山友邦的沃土，
>
> 路途遥风浪大，阻挡不了归心似箭的你我他。
>
> 海外游子回来孝敬妈妈。
>
> 珍珠玛瑙妈妈都不稀罕它。
>
> 品一品母亲额头上的汗渍，
>
> 吻一吻妈妈充满眼角的泪花。
>
> 海外的儿女们日夜盼回家。
>
> 家里的妈妈朝朝暮暮把儿女牵挂。

写完小诗后，我心中很不平静，急于读给他听。于是，迫不及待地又拨通了宾馆的电话。

我十分投入地为他朗诵了这首小诗，本想让他提点意见。不料，对方一时语塞，几秒钟后，耳边传来他抽泣的声音。那声音渐渐哽咽着，到后来便有些泣不成声。

说实在的，我写诗多年，几行小诗能让一位美籍华人产生如此强大的共鸣，如此动情，这还是第一次。从而，我更深层次地理解了什么叫"知音"，也更加明白了语言的魅力。

我不敢妄言这首小诗写得多么好，但选择的听众却恰到好处。

因此，我又悟知，无论什么样的文学作品，写得好只是成功的一半，找到适当的受众也是一件十分重要的事情。

五六年过去了，我已和那位美籍华人失去了联系，但却时时想念这位知音。他给了我创作诗歌的信心，用泪水打动了我，使我在执着地创作那些并不能变大钱的

"东西"。

二〇〇八年一个偶然的"饭局"，著名儿童作曲家顾晓丹老师将一位资深的作曲家龚耀年老师引荐给我。我一听是我国大名鼎鼎的作曲家，便肃然起敬。我这个人从不怯场，便不揣冒昧地把这首小诗递到龚老师面前，诚恳地请他谱个曲。龚老师看过之后，默默地放入包中。

第二天，我想和龚老师约个时间谈谈。写歌词的人，总希望能和曲作者多沟通，多交流。但龚老师毕竟和我只见过一面，他误会了，电话中说："你不要催我，我写得慢。"我后悔莫及，便说："我并不是催您，我想跟您说，您有感觉就谱曲，没有感觉就不要浪费您宝贵的时间。"

"有感觉"，他很有信心地回答。

我心中一块石头落了地。龚老师帮我修改了个别词句后，将小诗的名字"回家"改为《牵挂》，谱成了一首美声歌曲。

马蹄儿烧饼与薄脆

马蹄儿、牛舌形状的食品很多，诸如大火烧、咸酥点心等，圆圆的食品就更数不胜数了。月饼首当其冲，芝麻烧饼亦是这个"家族"的成员，至于点心当中圆形状的就更多了。

然而，马蹄儿烧饼却不是每一个人都有幸尝过，特别是当今的年轻人，也许未曾谋面呢。

马蹄儿烧饼是二十世纪五十年代时的北京"小吃作品"，从形状看，名副其实，呈马蹄儿状。但那是由两个马蹄儿状的饼叶组成。那薄薄的饼的外边，分别有熟的芝麻星星点点地撒落在上面。两个薄饼的一头，有个连接点。两个薄饼并依靠在结合点上，倘若打开两片薄饼，宛如一朵无心的荷花，那心中可放油条、油饼、薄脆之类的油炸小吃。那皮软软的，香香的，两片一合，将油炸食品按扁，放入口中，外软里脆，味道极佳。

我十分怀念马蹄儿饼夹薄脆，也怀念卖马蹄儿烧饼的老头儿，却有五十多年没有吃过马蹄儿烧饼了。

那时候我刚刚上小学，是一年级的小学生。每天早上的早点，全仰仗老头儿卖的马蹄儿烧饼充饥。老头儿很守时，早上七点半左右准时出现在我家对过的胡同里。老头儿虽然面目苍老，但人很干练。他提一个荆条编制的小篮子，马蹄儿烧饼上盖一方雪白的遮尘布。布的下面，放着一排排白白的马蹄儿烧饼，那一粒粒焦黄的芝麻在马蹄儿烧饼上闪着金光。所幸的是，那时对这些做小生意的人既没有食品卫生检查团光顾，也没有城管队员时时处罚。因此，每天早上我都能按时买到可口的早餐。

　　小学生每天要自带早点。那时候同学中一般是将家中多做的晚饭诸如馒头、窝头、白薯之类的食品，用妈妈给缝制的布食品袋装好，由学校集中加热，第一节课后享用。我的两只马蹄儿烧饼夹了薄脆，蒸热后就会软得不好吃了，所以请老师帮助烤在教室取暖的煤球炉子上备用。

　　那时，大多同学家的生活条件不太好，再加上早上时间紧张，各自带早点成了惯例。现在想起来，吃坏肚子的事是极少发生的。如今生活条件好了，遗憾的是，小学生集体中毒的事件倒时有发生。

丸子白与卤丸子

也许你会说：卤丸子谁还没吃过？

白水煮过，汤中放些麻酱、香菜，素炸丸子或炸豆腐是主角……

您这么说，我一准知道您并没有吃过二十世纪五十年代琉璃厂、厂甸小吃摊上的卤丸子。

卤丸子，顾名思义，就是带卤的炸丸子(或炸豆腐)。那丸子是用杂面（以绿豆面为主，白面、细胡萝卜丝等原料炸成的丸子）。那丸子素油炸的，又是素丸子，香而不腻，放到卤中泡一下，外焦里嫩，煞是好吃。那卤是十分讲究的。打卤用的沪，须用绿豆淀粉，卤中的佐料有大料角、鹿角菜等菌类食品。

丸子白，便以这种卤丸子而名誉京城。所谓丸子白，是因为烹制、销售卤丸子的人姓白，大约在一九二七年从河北逃水灾来京城做小食品生意的。白先生没有店铺，每天在琉璃厂北边的一块空场上摆摊位出售。那地价儿当时是南城的一条小吃街。那里的小吃，应有尽有，而且货真价实。比如杏仁儿茶，绝非杏仁儿粉所熬，而是上好的江米面，配上洁白的大杏仁加绵白糖所熬制。至于小笼包、山东煎饼、灌肠、茶汤、面茶、油炒面等等一应俱全，物美价廉。

每天清早，老芽儿(太阳)刚刚露头儿，小吃贩们便忙活了起来。

"丸子白"支起一口直径一米左右的大铜锅，锅底用炭火温着打好的卤儿。那丸子并不是一下子都放入锅中，而是随卖随放。顾客喜欢多吃丸子，就给多放一些，喜欢多吃炸豆腐也就多给些豆腐，但每碗的价格都是相同的，都是伍佰元(合现在五分钱)。

摊位前的长木条凳便是餐凳，一排可坐五六个人。铜锅边上的空处放一小罐辣椒油、一小罐蒜汁供顾客选用。

儿时，每天的早点，我是常选卤丸子的。倘若觉得一碗不够吃，也可以买个烧饼或馒头就着卤丸子吃。一顿早点只用一角钱便吃得很舒服。

那个年代，人们很少下馆子，只是逢年过节到外边聚时到饭馆儿搓一顿，平时在家吃饭。但也有不少拉车赶脚的劳动者，收入低，下不得馆子，便到这小吃摊上吃卤丸子当正餐用。一来便宜吃得饱，二来省时间，饭量大的，一碗卤丸子，可就两三个馒头，吃后，丸子和卤一点儿不剩，吃得饱饱的，钱花得少少的。

卤丸子这种北京小吃消失很多年了，我从一九六九年到外地插队，十年后回到北京，找它多年，终无缘相见，只好用笔解解馋了。

"早　餐"

59.5分，我曾经得到过的一个俄语考试分数。

只差0.5分就及格，实在令我痛心，然而，也使我心地坦然。因为这个0.5分，确实是我的真实成绩，而绝不是眼下那些靠"打小抄""漏题"而不劳而获的。

这59.5分，令我忆起了一位可尊可敬的人。她，就是当年在我母校北京八中初中部教俄语课的老师——李莲英。她的名字虽然与历史上的某人重名。但她的心灵就像雪一样纯洁；她的心地，就像冰一样晶莹剔透；她的心眼儿，就像爱神一般善良。

然而，她也有一颗钢铁般的心，那是信心。她深信：一名 59.5 分的学生只要努力，完全可以达到 95.5 分的好成绩。

下课铃响了，李老师把我带到她的教研室。路上，我诚惶诚恐地尾随在李老师的身后。坐定之后，她把我那张不争气的卷子摊到我眼前。"0.5 分，我不是不舍得，要知道，虽然你姓白，可我不能白白地给你这 0.5 分。"

虽然秋风瑟瑟，我的脸却被李老师的话"灼"得又红又热。

沉默！沉默！

此时，我才真正明白何为"于无声处听惊雷"。我的心被雷击得疼痛；我的头，被雷击得晕眩。

李老师用那亲切而严厉的眼神瞥了我一眼。瞬间，她那有红似白的脸庞上的小酒窝，令我一块石头落了地。

"明天早到校半个小时，我给你补课。"

上课时，我还耿耿于怀。因为她公布了我的"优秀"成绩，当时我恨得咬牙切齿，以为那 0.5 分不给我，正"暴露"出她女人吝啬的本色;"暴露"了她女人那狭小的心胸……

眼下,我没有了任何憎恨李老师的理由。正如阴电和阳电相辅相成;亦如日月缺一不可;爱与恨既碰撞,又水乳交融。

李老师言必信,行必果。

从此,李老师为我要早起半小时;从此,李老师为我不辞辛苦地把"俄语"这盘"平餐"送给我……

时光荏苒,一晃儿,到了升高中考试的日子。

俄语考场。

李老师监考。

李老师走到我的课桌前,瞥了一眼我的考卷,会心地笑了。她轻轻地抚摸了一下我的头。那感觉,像慈母在你身旁;那心情,只能形容为"心花怒放"。

三十七年过去了。虽然毕业后,未曾与李老师见面。然而,她那深深的酒窝,她那香香甜甜的"早餐",却永远无法从我的心底抹去,令我刻骨铭心。

小肠儿陈与卤煮火烧

历史上姓陈的名人实在太多。比如揭竿而起的陈胜、《三国演义》中的陈平、英年早逝的将军陈赓等等。

可是，在京城，有一位擅长做小吃卤煮火烧的名人，四九城的北京人差不多都知道。特别是爱吃这口儿的北京人，几乎无人不晓。他的名字很多人叫不出来，但他的字号，也就是他的"作品"却和他的姓紧紧地联系在一起——"小肠儿陈"。

提起这字号，似乎不伦不类。姓氏和猪小肠儿连在一起，似乎不雅，好像相声当中的一句玩笑话："这是您的肠子。"然而，陈氏的出名，还是因为这小肠儿，就是因为以小肠儿为主料做成的卤煮火烧才名扬京城。

卤煮火烧铺子，最驰名的店在京城宣武区的南横街。前些年，我曾在那里品尝过正宗的卤煮火烧。但以后没有去过，所以，那铺子不知是否还"健在"？

如今，不少店也经营起卤煮火烧来了。一来是投老北京人所好；二来是价格便宜，是大众小吃。所以不少的南方师傅也效法着制做卤煮火烧。

小肠儿陈的传人并不多，因此，在京城"遍地开花"的卤煮火烧并不正宗。据我所知，主要有两家是正宗。一家在崇文区琉璃井附近，是小肠儿陈的女儿在经营；一家在宣武区广外派出所后面，是小肠儿陈的侄子当掌柜。

小肠儿陈的女儿开的店比较大，只是耳闻，并未亲往。

小肠儿陈侄子的小铺，我是经常光顾的。因为我曾居家在此铺附近。那卤煮火烧确是正宗。为保证质量，据小肠儿陈的侄子讲，每天他只售二百碗，倘若去晚了，便难得口福。

北京人爱吃卤煮火烧由来已久，但这卤煮火烧的做法，也在与时俱进。

二十世纪五六十年代，甚至七十年代，卤煮火烧的大锅中，老汤和现在无差别，正宗的要放料酒，而且要放上好的酱豆腐之类的高质量的佐料。

滚开着的大锅里，放着一挂挂洗得干干净净的小肠儿、肺头和炸得焦黄的炸豆腐，和现在相比，早年那锅中总是煮一块白肉，现在，实在是没有必要了。因为老百姓的饭食讲究多了，几乎没有人再吃大肥肉了，再也不像东北人说的那样："猪肉炖粉条，可劲造了。"那滚烫的卤水锅里，浸泡的火烧很有特色，那是用褙面烙的，泡在卤锅里不会糯软，但又能浸进卤水，吃起来，既有滋味儿，又有嚼头儿。如果把发面火烧放入卤水锅中，便会软成一摊，令人无法品尝，甚至会化在锅里乱作一锅"粥"。小吃的讲究，就在各种原料的相互融合，那是智慧的结晶，经验的总结，因此，在京城，这种小吃有两个名字，一个叫卤煮火烧，另一个叫卤煮小汤儿。

这两种叫法，言简意赅，因为老北京人吃这口儿，主食当然是火烧，而且是卤汤煮过的火烧；而小肠儿，则是"核心"，所以，这两个名字都名副其实。

卤煮火烧是民间小吃，这小吃之所以久盛不衰，而且南方人也在北京经营，主要是两个原因，一是从价格上讲，附和百姓的消费能力，不到十元一碗，再来瓶燕京啤酒，总共十元左右，既是菜，又是饭，汤汤水水，卤味重重，热乎乎的一大碗，美不胜收。

卤煮火烧挺解馋，但按照科学营养配方来讲，不宜经常吃，因为小肠儿的胆固醇比较高，经常吃，会增加血液粘稠度，闹不好会使血脂增高，那样便是为口伤身得不偿失了。但偶尔能解馋还是很有意思的。

小肠儿陈不仅被京城的一般老百姓青睐，而且与京剧界的一些名角有不解之缘。也许这与小肠儿陈的铺子离北京戏校、北京昆曲剧院离得较近有关系。另一个原因，是大凡唱北方昆曲、京剧的人大都是老北京人或是久居北京的人。

吃小吃要吃正宗的，听戏当然要听正宗的。振兴京剧，主要就是要振兴名流，如梅派、程派、马派等。因为那是久经考验的流派，那是被实践证明了的好听的流派。吃卤煮火烧也是如此，当然要吃正宗的。